MYR

Myriam Beaudoin est née en 1976, à Sherbrooke. De père diplomate, elle a grandi au Rwanda et au Mali avant de revenir entreprendre des études universitaires à Ottawa. Depuis quelques années, elle enseigne le français au secondaire. La critique a vu en son premier roman, *Un petit bruit sec* (2003), le début d'une œuvre importante. Myriam Beaudoin confirme son talent de romancière avec *Hadassa* (2006) et *33, chemin de la Baleine* (2009). *Hadassa* a mérité le prix France-Québec (2007), le prix des Collégiens (2007) et le Frye Académie (2010). Pour suivre l'actualité de l'auteure, visitez le <www.myriam beaudoin.com>.

HADASSA

Une jeune femme, professeure de français dans un établissement pour écolières juives orthodoxes, découvre tout au long de l'année scolaire un monde à part, enveloppé de mystère et d'interdits, mais séduisant et *rassurant*. Au fil des conversations chuchotées avec les jeunes élèves, dans un franglais parsemé de yiddish, dans l'apprivoisement, dans la surprise et dans l'inconfort de la différence, se détache alors le visage d'une enfant boudeuse, rêveuse, fragile prénommée Hadassa. Le choc des cultures peut-il être un choc amoureux? Oui, puisque se tisse en parallèle une histoire d'amour entre un jeune épicier récemment immigré de Pologne et une Juive mariée, effrayée par la violence de ses sentiments. *Hadassa* est le roman du respect et de l'ouverture. Myriam Beaudoin confronte en douceur les valeurs de l'Occident et celles d'une culture millénaire qui fait tout pour préserver les siennes, y compris se refermer sur elle-même.

HADASSA

DE LA MÊME AUTEURE

Un petit bruit sec, Montréal, Éditions Triptyque, 2003.

Hadassa, Montréal, Leméac Éditeur, 2006; Montréal, Bibliothèque québécoise, 2010.

33, chemin de la Baleine, Montréal, Leméac Éditeur, 2009.

Myriam Beaudoin

Hadassa

Roman

BIBLIOTHÈQUE QUÉBÉCOISE

BIBLIOTHÈQUE QUÉBÉCOISE est une société d'édition administrée conjointement par les Éditions Hurtubise inc. et Leméac Éditeur. BQ reconnaît l'aide financière du gouvernement du Canada par l'entremise du Fonds du livre du Canada pour ses activités d'édition et remercie le Conseil des Arts du Canada, la Société de développement des entreprises culturelles du Québec (SODEC) et le Programme de crédit d'impôt pour l'édition de livres du Québec (Gestion SODEC) du soutien accordé à son programme de publication.

Conception graphique : Gianni Caccia
Typographie et montage : Yolande Martel

Catalogage avant publication de Bibliothèque et Archives nationales du Québec et Bibliothèque et Archives Canada

Beaudoin, Myriam, 1976-

Hadassa

Éd. originale : Montréal : Leméac, 2006.

ISBN 978-2-89406-319-4

I. Titre.

PS8553.E189H32 2010   C843'.6   C2010-941561-2
PS9553.E189H32 2010

Dépôt légal : 3ᵉ trimestre 2010
Bibliothèque et Archives nationales du Québec

Distribution/diffusion au Canada :
Distribution HMH

Distribution/diffusion en Europe :
DNM-Distribution du Nouveau Monde

IMPRIMÉ AU CANADA

Pour Nicolas

REMERCIEMENTS

Hadassa. Mes amies de Belz, Jean Barbe,
Éric McComber, Antoine Sulski, Dikla,
Pierre Anctil, William Shafir.

Un écrivain est par définition souverain.
Il a droit à tous les excès et à tous les
écarts au nom non pas de la vérité, mais
d'une vérité qui n'appartient qu'à lui.

ANDRÉ C. DRAINVILLE

PARTIE I

1

J'étais vêtue selon les normes du contrat qui excluaient les blouses sans manches, les jupes au-dessus du genou, les pantalons, les tissus qui brillent, les coupes ajustées. Sous le soleil de midi vingt, je portais une robe sombre qui couvrait mes chevilles. J'avais roulé ma tresse en chignon, je me tenais raide, nerveuse, et les bras le long du corps. Autour de moi tournaient, s'approchaient, rigolaient des centaines de fillettes en uniforme bleu marine qui examinaient à deux ou à plusieurs, ma tenue, mon bracelet en étain, mon sourire gêné avant de retourner jouer, puis de revenir encore. On m'avait mise en garde : surtout ne pas me faire d'illusions, je ne serais jamais leur amie, ni leur confidente.

Mes collègues et moi attendions coude à coude contre le mur de briques beiges incendié de lumière. Incommodée par le pollen, madame Sauvé s'essuyait sans cesse le nez avec sa manche, tandis que madame Henri, aveuglée, gardait le front plissé sous ses lunettes fumées. Lorsque je me tournai vers la rue Dollar, où cheminaient trois femmes coiffées de bonnets, la cloche sonna. Revêtue d'un tailleur ample, la directrice apparut, s'arrêta à ma gauche, salua sobrement les enseignantes, puis tendit une main vers le ciel. Les fillettes se turent, se rangèrent, et le long discours de bienvenue formulé en yiddish débuta. Dans mon rang, je comptai dix-huit élèves. Des grandes, des fluettes, des grasses, des brunes, des blondes, dix-huit paires de collants assortis aux tuniques, et dix-huit chemises blanches, boutonnées jusqu'au cou. La responsable s'arrêta, une de mes élèves quitta le rang et se déplaça vers l'arrière pour tirer sur la manche d'une rouquine, et articuler un «*s-h-a-h*» désespéré. L'allocution reprit ensuite jusqu'à ce que les enfants applaudissent en chahutant. La directrice leva de nouveau le bras afin d'exiger le silence absolu, qui se fit, puis les huit professeures engagées par le gouvernement comprirent qu'il était temps de faire volte-face et de se diriger, suivies de leur groupe, vers l'entrée.

Construit après la Seconde Guerre pour servir la communauté immigrante, entre la voie ferrée et la montagne de l'île, le bâtiment sur trois étages était rudimentaire, ceint d'une clôture métallique haute de trois mètres. En entrant dans les couloirs du rez-de-chaussée envahis par les divers groupes, nous dûmes ralentir le pas. Une enfant à la peau jaune, très jaune, me rejoignit alors en tête et m'annonça tout bas, mains en porte-voix et sourcils arqués :

— Moi je suis Yitty Reinman, madame. Toi tu es contente d'être notre professeure ?

Nous nous suivions à la queue leu leu. Les filles s'excitaient dans les escaliers et les semelles résonnaient sur les planchers de tuiles. J'étais absorbée par les murs tachés, lesquels arboraient des panneaux en hébreu, des traces de mains, et des photographies de rabbins aux longues barbes blanches. Lorsque nous arrivâmes à notre classe située au second étage côté est, les filles baisèrent une à une le tube scellé et fixé au cadre de la porte, puis s'assirent au pupitre qui leur avait été assigné le matin par l'enseignante de yiddish, Mrs. Adler. Après avoir fermé la porte, je me dirigeai vers le grand bureau et la grande chaise de la maîtresse. Les enfants jacassaient en m'examinant. Je me raidis, j'empruntai une voix forte et stricte comme on me l'avait suggéré, je prononçai « silence » une fois, la deuxième fois en claquant dans mes mains, puis les filles se maîtrisèrent, ouvrirent très grand les yeux, et je me présentai, en écrivant mon nom au tableau. À peine le dos tourné, le bavardage reprit, je fronçai les yeux, posai l'index sur mes lèvres, je répétai « ça suffit » sur un ton très fâché, et puis septembre commença.

D'abord, parce que c'était la rentrée et que je ne savais encore rien sur rien, je les invitai à raconter brièvement leurs vacances, ce qu'elles firent en se redressant. Chacune, sans exception, me précisa son âge, en prenant soin de m'indiquer les onze ans deux quart, onze et huit mois, douze depuis hier, douze ans dans une semaine… Assise près de l'entrée, Blimy Unsdorfer, onze ans et neuf jours, conta qu'elle était très triste de venir à l'école déjà, parce qu'elle aime beaucoup l'été et quand il y a l'école, il y a la neige et la neige, c'est très froid. Chaya Weber, au centre de la pièce, dit qu'elle était revenue de Val-Morin hier soir *very late*, et que la campagne c'est très *fun*, et que pendant très beaucoup de jours elle s'est baignée dans la piscine, mais pas avec les garçons, non, madame, il y a des heures pour les *boys*, il y a des heures pour les filles et j'ai presque douze. Ensuite, Nechama Frank, douze

et demi, cheveux lisses et noirs coupés au carré impec-
cable, se leva d'un mouvement brusque et demanda:
«Toi, madame, tu te baignes avec les garçons?» Ce qui
fit sourire les autres.

La classe rectangulaire, aux murs autrefois lilas,
disposait de dix-neuf pupitres de bois, d'un tableau, de
quatre fenêtres qui donnaient sur la cour, d'une carte
du monde chiffonnée dans un coin, d'une armoire
pour les dictionnaires, et, en velours rouge et noir, sur
un mur de liège, de l'alphabet hébraïque épinglé en
lettres géantes. J'expliquai le programme de l'après-
midi: tout d'abord inscrire sur les articles neufs son
prénom et son nom. L'excitation fut unanime, chaque
objet ayant été choisi et acheté avec maman, les ongles
bien taillés décollèrent les prix avec empressement et
un peu de salive. Me promenant entre les rangs, je pus
répondre aux inquiétudes: «Madame, quand tu vas
donner l'horaire? Combien on a d'heures de grammaire? Quand on a gym? Toi, tu donnes beaucoup de
devoirs?» En clignant des yeux, Yitty Reinman m'arrêta pour me préciser que sa voisine, celle qui avait
hérité du pupitre devant celui de la professeure, était
en retard parce qu'elle *hate* de venir à l'école, mais
moi, madame, précisa-t-elle en posant ses paumes
jaunes sur son cœur, *I so much love school!*

Après les étiquettes, ce fut le temps de ranger, et
quelques filles, les plus âgées, inventèrent certaines
lois pour toutes les autres. Effectivement, selon les
douze ans et plus, les objets devaient être classés par
ordre de grandeur et de couleur, cahiers à droite,
crayons à gauche, et, attention, surtout ne pas mêler
les livres saints à ceux du français. À l'aide de la calculatrice, chacune était tenue de produire un inventaire

de ses crayons, de ses feuilles lignées, de ses cartables, et ensuite de le coller à l'intérieur du pupitre. Les fourmis opéraient, tandis que moi, déambulant, j'écoutais le yiddish sans oser intervenir. La chaleur épaisse de septembre s'était installée sous ma robe opaque. Autour de moi, les fronts perlaient, et, sans se plaindre, les becs sirotaient des jus sucrés à l'aide de pailles. Les tâches achevées, les élèves créèrent, avec les sacs de plastique qui avaient servi aux achats, des mini-poubelles individuelles qu'elles collèrent à l'aide de ruban adhésif sur le dossier de leur chaise.

Nous commencions la dernière année de l'école primaire, celle où l'on doit exceller dans les examens du ministère afin que le gouvernement renouvelle ses subventions. Le programme était chargé. Si en avant-midi, avec Mrs. Adler, les élèves devaient analyser les discours moralisants des livres bibliques, mémoriser des prières et des psaumes, assimiler les règles de conduite de la Torah, en après-midi, j'étais engagée pour enseigner le programme du ministère de l'Éducation qui exigeait une maîtrise de la grammaire française, des mathématiques et quelques notions de sciences humaines. La direction autorisait par ailleurs des cours d'art et de gymnastique, à la condition que cela n'empêche pas les enfants de réussir les examens de fin d'année. Dès l'automne suivant, dans les classes de l'étage supérieur, les fillettes recevraient la formation nécessaire à une future épouse, un savoir axé sur des rudiments de correspondance, de comptabilité commerciale et, surtout, un enseignement pratique des tâches familiales. Plus tard, à dix-sept ou dix-huit ans, mes anciennes élèves quitteraient l'école parce que leurs mamans choisiraient pour elles des maris avec lesquels elles passeraient leur vie dans le quartier d'arbres bicentenaires et de résidences en briques rouges, discrètement gardées par le fil de l'*éruv*.

Sur les pupitres de bois abîmés par le passage de trois générations, avec papier de soie, brillants et marqueurs, les mains habiles ou maladroites décoraient des cartons portant leurs prénoms. Ayant bâclé l'activité parce que c'était *babyish*, Perle Monheit, douze ans et demi, exprima son désir d'inscrire la date au tableau, ce que je lui accordai. Menton levé, démarche franche, elle s'avança, saisit une craie et la traça en caractères hébreux, pour moi indéchiffrables. Elle se retourna ensuite, me fixa, puis regagna sa place, à l'arrière. J'hésitai. Réfléchis très vite très fort, intervenir mais comment, puis je sursautai en entendant un coup, les filles ricanèrent, et la porte s'ouvrit. C'est alors qu'une enfant frêle au manteau bleu s'avança, posa la main sur le tube scellé contenant des écritures bibliques et la porta ensuite à sa bouche d'un geste rapide et mécanique. Après, la petite s'orienta vers le pupitre attenant à celui de la professeure, rangea son sac d'école sous son banc, sur son ventre croisa ses bras, puis leva ses yeux sombres sur moi.

— Bonjour, mademoiselle, lui dis-je. Sois la bienvenue. Quel est ton nom?

L'enfant m'examinant sans répondre, je me rapprochai d'elle, doucement. Sa tempe gauche était marquée par une tache jaunâtre, et les veines tout autour formaient une sorte d'étoile sur une peau nette et tendue. Derrière nous, les élèves s'étaient remises à bricoler. M'inclinant devant la blancheur du visage troué de jaunes et de bleus, j'ai insisté: «Tu veux me dire ton nom?» Alors j'ai vu ses lèvres desséchées se contracter, se mordre, frémir un instant comme par l'effort, se tordre encore, essayer encore, puis c'est venu, la petite bouche s'est entrouverte, et j'ai entendu, tout près de la laine du col azur, la douceur d'une voix d'enfant qui a chuchoté «Ha-das-sa». Sa voisine, Yitty, lui murmura quelques mots dans la langue inconnue, l'enfant retira son manteau et le posa sur son dossier, puis rentra un pouce dans sa bouche. Du fond de la classe, Nechama s'apprêtait à intervenir, mais j'exigeai d'elle qu'elle levât la main, ce qu'elle fit pour nous confier que le blouson de sa cousine était nouveau, qu'elle l'avait reçu pour ses onze ans le vingt-cinq août, qu'il venait d'Israël, parce que leur tante habite là-bas, «Et toi, madame, tu connais Israël?» m'a-t-elle demandé.

2

SUR L'AUTOMNE de l'île, il y avait Outremont. Quartier des maisons d'étude où entraient et sortaient chapeaux noirs et redingotes. Jardins avec vues sur les squares, perruques et bas chair déplaçant des landaus. Rues aérées, colonisées par les centaines d'enfants en uniforme qui parlaient une autre langue. Sur l'automne de l'île, il y avait aussi, à l'est de l'avenue du Parc qui se prenait pour une frontière, un autre quartier, où francophones, allophones, immigrants, commerçants, chômeurs, étudiants et artistes étaient logés dans des triplex en rangée mal insonorisés. C'était dans cette partie est de la ville nommée le Mile End, que s'écrivait une autre histoire d'amour.

« *Dzien dobry dziadziu.* » La voix, dans le réveil et les draps de flanelle, était lente, paresseuse. Jan se redressa, plaqua deux oreillers derrière son dos, posa l'appareil sur ses cuisses, et le boudin du combiné vacilla dans le grand carré de lumière qui gagnait la moitié droite du lit. Le grand-père téléphonait pour raconter la pluie, le vent, l'humidité qui picorait toujours, en septembre, la grande maison vide.

— Ton frère ne vient pas souvent, commentait l'ancien mineur silicosé, assis dans un fauteuil de velours usé, tout près du buffet où reposait le passé photographié. Sur le premier cliché, Jan et Salvaj, sept et cinq ans, bas aux genoux, culottes courtes, camisoles, bicyclettes et décor des Carpates. Sur le second, une femme miniature à talons beiges cueillait des roses avec un couteau de cuisine ; derrière elle, une nappe blanche étendue sur le gazon avec une pile d'assiettes et de couverts.

— Le jardin est totalement inondé. *Pogoda dzisiaj jest brzydka*, continuait le veuf en chemisette à carreaux.

Jan, qui repassait lestement la flanelle, tourna la tête vers la fenêtre ouverte d'où montaient les rumeurs matinales de la ruelle et le ciel bleu d'Amérique.

— Quel temps fait-il chez toi ? Tu manges bien *moj kochany* ?

L'inquiétude, chaque semaine, s'accrochait au bout du fil. L'exil du petit-fils et l'ennui aggravé. Dans sa bergère en velours, *dziadziu* ne comprenait ni l'abandon de sa carrière à l'Académie de musique de Cracovie, ni l'éloignement du pays. Pourquoi aller ailleurs, avait-il insisté l'été du départ, alors qu'ici, il y a ton piano, et les souvenirs de *mamy*.

Jan poussa le drap, se leva, détortilla le boudin en le laissant pendre vers le vieux parquet, replaça le combiné sur la table de chevet, jambes nues et imberbes traversa la chambre, le couloir, la cuisine. En juillet, son trois pièces et demie tout en longueur avait été annoncé comme suit : «*Bijou au cœur du Mile End, pour personne seule. Piano inclus.*» Le nouvel immigrant avait alors traversé l'île pour se retrouver dans le quartier multiculturel aux façades de pierres grises et escaliers extérieurs, signé le premier chèque, serré la main du monsieur et déchargé sa valise de toile. Il prépara du café dans un percolateur, déposa un carré de sucre blanc dans une tasse à expresso, sortit un bout de baguette d'un sac sur le comptoir, s'assit à la table, grignota le pain, rêvassant avec vue sur l'érable qui retenait ses feuilles. La cafetière chanta, Jan se releva, versa l'expresso sur le sucre, se rassit et, sirotant, il observa calmement la rue Waverly bondée de ses passants dominicaux. Sur le balcon d'en face, Rafaëlle, la voisine, croisait et décroisait ses cuisses sur une chaise de rotin, ouvrait son journal, buvait à petites «lapées» un cappuccino fait maison, cannelle et beaucoup de mousse. Sa journée de congé, pensa Jan. Ils s'étaient rencontrés quelques semaines après son immigration alors qu'elle cherchait Calin partout. Jan l'avait alors aidée à trouver le chien-chien et Calin était apparu en fin d'après-midi dans la ruelle Groll qui croise Waverly. Elle l'avait serré très fort contre sa poitrine en camisole vert pomme, avait ensuite invité Jan à prendre un thé glacé sur le balcon. Il y était allé, ils avaient bavardé longtemps, de la Pologne et de Montréal, Rafaëlle caressait ses boucles en renversant la tête, et puis elle s'était levée pour faire un appel et était revenue avec un emploi pour Jan. Il serait épicier, comme elle, à la Boutique.

C'était réellement jour d'été en plein mois de septembre. Le trottoir se zébrait d'ombres et de soleil. Jan salua Rafaëlle, rencontra un nouveau-né, deux bicyclettes, et une robe à pois avant d'atteindre la célèbre et commerçante rue Saint-Viateur, maîtresse du Mile End. Ça sentait les bagels, le café italien, les roulés au pavot du Déli, et le bonheur du dimanche. À l'exception du jour du shabbat, on pouvait croiser les gens du quartier ouest qui traversaient l'avenue du Parc afin de venir faire leurs achats dans les commerces. Marchant en petits groupes, ils fixaient non pas les terrasses de Saint-Viateur mais ses trottoirs, et ne parlaient qu'entre eux. À la Boutique, Charles, fils du propriétaire et gérant de l'épicerie fine, travaillait depuis déjà deux heures. Il avait aligné les fruits et légumes, arrosé les fougères, sorti les fromages et charcuteries, rangé le tiroir-caisse, lavé la vitrine, balayé le trottoir. Lorsque Jan entra, Charles écoutait poliment une cliente régulière et remarquable jaseuse, madame Lièvre. La quadragénaire s'arrêta, se tourna vers l'immigrant, plissa les yeux en lui souriant, puis continua son récit tandis que Jan, après révérence, allait déposer son sac dans l'arrière-boutique et changer le disque sur le lecteur. Un instant plus tard, les jumeaux métis de madame Lièvre entrèrent en criant, se disputèrent la jupe fleurie de leur mère. Le trio sortit, Jan revint, et les épiciers se chamaillèrent comme des adolescents. Charles entreprit ensuite le rangement de la pyramide des pommes grenades enveloppées dans du papier de soie mauve foncé tandis que l'employé faisait du rangement dans la vitrine réfrigérée. «C'est encore du Chopin?» s'informa Charles. «Oui, Mazurka en sol majeur, elle te plaît?»

Sur Saint-Viateur, les terrasses se remplissaient de clients qui commandaient des boissons chaudes en lisant des journaux plutôt locaux qu'internationaux. Nina, la fleuriste, vendait des fleurs de lys. À l'Écume des jours, les poètes feuilletaient les nouveautés de la rentrée littéraire. Dans la Boutique, on achetait des courges pour faire des potages, une tresse d'ail pour le pesto, et des betteraves pour les conserves. Jan empilait à la caisse les billets verts tout en emballant les vivres. Dans les trois allées, Charles bavardait, complimentait, divertissait les clients habituels. Ayant grandi devant et derrière le comptoir, Charles était devenu, au fil des ans, le fils, l'ami, le confident, l'épicier préféré de plusieurs résidents du Mile End. Pendant longtemps on s'était inquiété du petit Charlot dont la mère avait fui en Afrique pour une histoire d'amour. Dix ans plus tard, on avait craint que la Boutique ne ferme, au départ de Monsieur Rivard qui, sur un coup de tête, était allé rejoindre sa blonde au Yukon. Puis, lorsque Charles avait décidé de quitter le collège pour remplacer son père et devenir gérant de l'épicerie, les acheteurs s'étaient réjouis, et multipliés.

3

Tout près, passé la frontière de l'avenue du Parc, à trois cents mètres de la Boutique, le cycle des «Jours Terribles», la période de repentir, l'époque des examens de conscience annonçait la nouvelle année. Obéissant au calendrier judaïque, nous étions déjà, fin septembre, à la veille d'un long congé scolaire.

Je passais le balai sans trop m'incliner afin d'éviter un mouvement indécent et condamnable pendant que les filles terminaient des textes descriptifs ayant pour thème: Ma famille. Sous les têtes qui oscillaient, je volais quelques bribes au passage, mine de rien. Bonjour, je porte des lunettes et j'ai juste des frères. Le plus grand habite *London*, c'est un docteur qui peut dire si on a des allergies… Bonjour, ma famille a huit enfants et moi je suis la plus petite et je m'appelle Yitty Reinman en souvenir de ma tante de Hongrie qui s'appelle aussi Yitty… Bonjour, moi j'ai cinq frères et quatre sœurs qui sont tous très mignons. Le bébé vient de naître et il ressemble comme mon père Toivy…

«Madame regarde quoi j'ai!» a crié la fragile Hadassa en brandissant vers moi son stylo. Hadassa était une enfant imprévisible. Elle pouvait un jour faire la moue et pleurer en hoquetant sans que personne ne puisse l'approcher, le lendemain bondir, lever les yeux au ciel, hurler, bavasser comme une pie. «Madame, regarde mon *pen*! Ça a un *calculator*!» La voix avait distrait les autres qui avaient examiné brièvement le *pen* rose et vert accroché au cou de leur camarade, puis elles s'étaient remises à travailler. Bien que la corde fluorescente fut courte, l'enfant s'appliquait à bien écrire, tout en louchant, de temps en temps, sur le magnifique *pen*. En début d'année, les articles scolaires étaient plus importants que tout. C'étaient eux qui avaient donné envie aux élèves de revenir passer leurs journées assises dans des classes fermées. Au fil des mois, les objets passeraient d'une bouche à l'autre, des pupitres au plancher, et perdraient peu à peu leur valeur initiale. Mais un stylo rose et vert muni d'une calculatrice, c'était très spécial, on ne le prêtait pas de toute l'année, on le garderait précieusement avec soi, autour de son cou.

Lorsque je passai entre Blimy Unsdorfer et Gittel Klein, deux brunettes grassouillettes qui avaient non seulement des sacs d'école, des feutres, des porte-feutres, des souliers et manteaux identiques, mais aussi la même coiffure, la même calligraphie et les mêmes goûters, Gittel, la moins timide des deux, m'appela :

— Madame, dans vingt minutes c'est congé… Et tu sais que nous on va manger beaucoup de choses avec du miel pour *New Year*?

Nechama, qui taillait son crayon au pupitre de Perle Monheit, nous toisa et intervint gravement :

— Sshhhhhhhhh! fit-elle. Peut-être on peut pas dire à madame Alice.

Blimy, qui désirait participer aux récits du Nouvel An, d'abord rouspéta, sourcils joints et paumes sur les hanches, puis se proposa d'aller vérifier auprès de la secrétaire de l'école, qui avait presque vingt ans et qui savait très beaucoup de règles. Nechama consulta Perle, qui elle questionna Yehudis, qui interrogea Sury, un moment passa, et c'est Nechama Frank, qui a un père très strict parce qu'il est scribe et qu'un scribe copie les prières dans le *mezouza* accroché aux cadres des portes, qui disparut dans le corridor. Depuis la maternelle, mes élèves apprenaient que les professeures de français n'étaient pas juives, qu'elles vivaient autrement et qu'il était strictement interdit de s'intéresser à leur vie, pas de questions, pas de curiosité. De la même façon, elles devaient demeurer discrètes, ne pas dévoiler les cérémonies de la synagogue, ne pas traduire des versets des livres sacrés, et surtout, surtout, ne jamais discuter de Dieu devant des non-juifs.

Nechama réapparut et discuta brièvement avec Blimy et Gittel. Des filles s'insérèrent ensuite dans le trio, le temps des négociations, révéler quelques secrets à madame Alice, pas trop, juste assez pour perdre des minutes de mathématiques, puis chacune retourna à sa place, satisfaite. Libby, à peine onze ans, distraite, tignasse de feu et peau tachée, s'avança vers moi pour me prier, comme tous les jours, de sortir aux *bathrooms,* mais avant que je ne puisse lui répondre, Perle vint la saisir par le bras, et la tira violemment jusqu'à sa place. L'enfant muette replaça ses lunettes avec l'index, déposa son crayon, et Gittel reprit, fièrement.

— Bientôt, c'est la fête de *New Year*. Tous les juifs vont passer un gros test pour savoir s'ils ont bien fait pendant l'année. Pour se préparer, les papas et les garçons restent à la synagogue, même la nuit. Ils doivent savoir beaucoup de choses et prier pour très longtemps.

— Madame, écoute-moi! intervint Yitty debout à côté de son pupitre. Le jour de *New Year*, on va à la synagogue pour lire le…

— NON, Yitty!!! On ne peut pas dire tout! interrompit Nechama. Yitty se rassit et se tourna vers sa voisine Hadassa qui suçait son pouce.

— Oui, Blimy.

— Tu sais, Madame, pourquoi maintenant on mange souvent des *pomegranates*? (On vit ses fossettes.)

— On dit des pommes grenades, rectifiai-je.

— *Whatever*… c'est pour avoir au moins dix bébés quand on va être grande.

La phrase, à peine terminée, créa le désordre. Le sujet était trop près du tabou de la reproduction.

Depuis ce premier jour de septembre, j'avais pu distinguer deux groupes dans la classe. Les douze ans, rassemblées au fond, étaient distantes, refusaient certaines tâches (réservées, selon elles, aux *cleaning ladies*), s'absentaient souvent en milieu d'après-midi, et surtout ne permettaient aucune transgression des règles, lesquelles semblaient se multiplier semaine après semaine. Les onze ans, quant à elles, souvent réprimandées par l'autre clan, étaient curieuses et vives, fragiles, tendres, émotives. Je tapai deux fois des mains et exigeai le calme. Dans le silence tendu, Hadassa osa lever la main.

— Madame, moi je sais quoi on peut dire à toi. Laisse-moi expliquer.

— Pas tout, Dassy! prévint sa cousine Nechama.

— Non non, je sais, se défendit-elle. C'est le congé le plus important de toute l'année. Il y a très beaucoup de fêtes. Après *New Year*, qui dure deux jours, il y a Yom Kippour. C'est quand on jeûne très beaucoup de temps, on n'a pas le droit de boire, ni de manger. On peut même pas se laver et pas porter des bijoux. Il faut attendre de voir trois étoiles dans le ciel avant de faire la fête. Les papas donnent des *money* aux pauvres, et ils portent des robes blanches par-dessus les manteaux, même dans la rue, pour que notre chef, *Hashem*, soit plus gentil avec eux et qu'il oublie tous les péchés de la vieille année. On veut qu'il efface nos erreurs, *so* on va voir tous les gens et on demande pardon. Toi tu pardonnes à nous pour tout ce qu'on fait de pas bien?

Je souriai, tête baissée, cherchant une faute à pardonner.

— Tu sais quoi est le *shofar*? continua Hadassa qui était lancée et heureuse. C'est une corne. Pendant Yom Kippour, le rabbin souffle dedans tous les soirs et les papas pensent à demander pardon avant d'aller à la synagogue. Tu n'as jamais entendu?

— Non.

— Alors, risqua-t-elle, toi tu n'habites pas le quartier?

— D-A-S-S-Y! gronda sa cousine.

Hadassa courba l'échine et rentra sa tête entre ses épaules.

Je craignais que la directrice ne se présente à la porte et n'apprenne le sujet de notre discussion, les rites de la nouvelle année juive, ce qui m'aurait certainement valu un avertissement. J'expliquai qu'il valait mieux que nous cessions cette conversation, mais Yitty, Blimy et Gittel supplièrent. Je cédai, les laissant continuer à la condition de ne pas tout dire, et aussi, de parler à voix basse pour ne pas déranger les autres classes.

— Madame! Moi je vais raconter quoi est Soukkot, susurra Blimy, près de la porte.

Je murmurai à mon tour (ce qui la fit rire):

— Ah! La fête des cabanes!…

— Toi tu connais? articula Perle, qui doutait.

— Oui, un tout petit peu, répliquai-je, et un bourdonnement envahit le local.

Blimy, qui partageait la même chaise que Gittel, lui livra un secret dans l'oreille en me fixant. Hadassa, esseulée, demeurait couchée sur son pupitre, le visage caché sous ses bras.

— Je vais te dire plus, reprit Blimy, en soulevant les épaules, comme si cela lui permettait de réduire sa voix.

La classe s'était tue pour écouter.

— À Soukkot, qui est une autre fête du long congé, les garçons et les papas vont construire, dans un arbre ou sur le balcon, la *soucca*, c'est une cabane en bois, et c'est pour manger. Nous avec nos mamans, on va mettre des décorations en papiers et accrocher des pommes aux branches du toit. Souvent, on met du sucre sur des morceaux de pommes pour les manger et c'est *delicious*. Tout on mange avec du miel dans la *soucca*, même du pain aux raisins. (Ses sourcils grimpèrent dans son front et elle baissa encore la voix.) Mon père dit que si on mange très sucré, on va être très *lucky* pour la prochaine année, et même il met des petites gouttes de miel dans les coins de la maison!

L'enfant potelée s'inclina légèrement pour plier sa jambe sous elle, se trouva inconfortable, déposa à nouveau son pied sur le sol.

— Tu sais la *soucca*, c'est comme une cuisine tout en bois, et on apporte des assiettes, des verres, on s'assoit comme à une table. Des fois les papas vont dormir dedans. En Israël, on a les cabanes pour huit jours, mais ici, sept. En Israël, c'est trrrrrrrrrrès beaucoup de *fun*.

La cloche résonna sur une longue note aiguë. Les enfants coururent vers la sortie, bonnes vacances, madame, on revient juste dans quatorze jours, et en quelques secondes la classe fut déserte. À mon bureau, je restai immobile en suçant mon index. Lorsque Madame Leblanc entra pour me souhaiter de bonnes vacances, son regard me fit constater le chaos : des crayons de toutes sortes dispersés sur le plancher, des ciseaux, des jus, des pailles, les dictionnaires et les Bescherelle pêle-mêle sur le bord des fenêtres. Je rangeai la classe, distraite, puis ramassai une à une les compositions de mes élèves afin de les glisser dans mon sac. Madame Dubuc, qui enseignait en troisième, me rattrapa dans les escaliers pour me raconter des histoires de classe.

— J'ai une Léa Frank, tu as sa cousine, Nechama, enfin, une vraie peste qui mange toute ma patience. Je l'ai envoyée dans le coin pendant une bonne partie de l'après-midi, parce qu'ici, il n'y a personne pour appuyer les professeures de français avec la discipline… Évidemment, on est traitées en *goyot*…

À peine sorties de l'école, nous retirâmes nos chemises à manches longues, je refusai son invitation à me laisser au métro, et elle se glissa dans sa Tempo cerise.

J'avais tout mon temps. Rien ni personne ne m'attendait. Le vent, délicat, titillait ma poitrine. Ma tête ressassait des images, des voix, des corps chétifs en uniforme. Je m'habituais lentement. À ce pays dans mon pays. À être l'étrangère à qui on marchandait des confessions sacrées en échange de temps libre. À Hadassa, celle aux yeux tout ronds qui parlaient si fort. Je décidai de marcher jusqu'à mon appartement qui se trouvait à cinq kilomètres vers l'est. Traversant Outremont, je me rendis dans le square, où je goûtai à sa beauté, à ses feuillus immenses du quartier ouest. Assise sur un banc, j'observai une femme qui transportait d'une main une enveloppe transparente laissant voir des habits pressés et des longs bas blancs, et de l'autre, une boîte à chapeaux. Je pensai à la préparation des «Jours Terribles» telle que dévoilée par les enfants. À l'automne, la communauté implorait Dieu de jeter dans les profondeurs de la mer tous les péchés de son peuple. Le Roi des élus, qui pesait les bonnes et les mauvaises actions, s'apprêtait à écrire, signer et définitivement sceller le destin des Hommes pour la nouvelle année. Jusqu'au dernier soir de Yom Kippour où le ciel fermerait ses portes, les registres étaient ouverts : le premier comportait la liste des impies intégraux, qui mourraient dans les prochains mois, le deuxième, celle des justes intégraux, qui vivraient toute l'année, et le troisième, celle des indécis, dont le sort serait fixé dix jours après la nouvelle année.

J'inspirai profondément, me levai et me dirigeai vers le Mile End. Au croisement de l'avenue du Parc, je rencontrai une amie qui sortait du centre sportif. Nous cheminâmes ensemble sur Saint-Viateur, décidâmes d'acheter quelques vivres dans une épicerie fine où elle travaillait à temps partiel, et je la suivis dans son appartement situé au coin d'une ruelle. Sur sa galerie ensoleillée, au troisième étage, je débouchai un merlot, tandis qu'elle m'informait de la météo, qui annonçait la chute drastique du mercure pour le lendemain. Servie, elle fit rouler le vin dans sa coupe Dollarama, s'esclaffa, goûta, confirma que c'était parfait. Quant à moi, je sortis de mon sac les travaux de mes élèves.

4

Tandis que d'un côté de l'avenue du Parc, le peuple fêtait les derniers jours de Soukkot qui rappelaient l'Exode des enfants d'Israël dans le désert et la vie nomade dans les cabanes, les commerçants de l'est appréhendaient le grand froid. En sifflotant malhabilement un allegretto de Beethoven, Charles, qui aimait bricoler, mesurait, coupait des rectangles de plastique et des lisières pour calfeutrer les fenêtres ainsi que l'entrée de l'arrière-boutique. Juché sur un escabeau de trois pieds, Jan inscrivait sur les ardoises les prix des poireaux et des choux de Bruxelles. Deux commères entrèrent vers treize heures, critiquèrent les cabanes des juifs aménagées sur les balcons, pincèrent les joues de Charles, puis achetèrent du céleri, des carottes et de la sauge, pour la sauce à spaghetti. Plus tard, un ami de Charles téléphona pour les convier, le jour de l'Action de grâce où on fermerait boutique, à se rendre en Estrie pour faire de la randonnée. Jan trouva l'idée emballante, puis Charles conclut la sortie. Après l'inscription des prix et le calfeutrage du commerce, les épiciers rangèrent l'arrière-boutique, firent quelques commandes de vivres, lustrèrent les vitres des bacs réfrigérés, jasèrent un peu avec Nina la fleuriste qui vint emprunter du vinaigre, et beaucoup avec un vieillard qui connaissait bien la mère de Charles, la belle madame Rivard, partie en Afrique, jamais revenue, a-t-on de ses nouvelles?

Quand midi sonna, le vent se leva sur le fleuve et remonta du port, surchargé d'orage. Jan fut attiré par le brouhaha, se rapprocha de la vitrine d'où il vit les bacs à recyclage catapultés, et la fleuriste Nina qui courait dehors dedans avec des seaux. L'été des Indiens était totalement avalé par l'automne, il plut à torrent pendant que l'heure du trafic, la plus difficile, la plus longue, commençait à la Boutique coin Waverly. Tout le monde arrivait en même temps, costumes et souliers trempés. On se poussait, on tendait les paquets, on prenait la monnaie, les visages se mêlaient aux mains sans manière, on se dépêchait, on choisissait des légumes et fruits au hasard, les plus gros, les plus brillants, peu importe la cire et la Floride. Où est le sirop de grenadine? Des limes vous avez? Charles et Jan couraient, calculaient et encaissaient, tandis que des enfants attendaient dans la voiture familiale nouveau modèle, se disputaient, allaient assurément être agités au retour, ce qui énerverait les papas, fatigués à cette heure du jour où ils reviennent directement du bureau, enlèvent leur cravate, ouvrent le col de leur chemise, s'installent dans des fauteuils confortables.

Son gant retient la porte battante qui sans hâte se referme. Ensuite, la jeune femme essuie ses bottes aux bouts arrondis sur le tapis rouge déjà mouillé, puis en un mouvement, son parapluie est posé dans un long cylindre de terre cuite. Coiffée d'un chapeau en feutre noir, *walking in a quiet, natural and pleasant manner which does not catch the eye or attract undue attention,* elle avance vers les étalages où se tient Jan. Elle retire et serre ses gants dans un petit sac à main piqué de faux rubis pour ensuite caresser la peau des fruits gardés dans du papier de soie. Entre poires et citrons, la cliente choisit les pommes du mont Saint-Hilaire, les premières de la saison, des pommes rouges avec du vert dedans, elle en met douze dans un sac, examine d'autres aliments et piétine en silence les lattes de bois. Depuis quelques jours, elle tranche tous les soirs les pommes en quartiers, les fait rouler dans du sucre blanc, les rajoute au toit de la *soucca* ou les offre aux invités vêtus de lévites de soie. Puis elle aperçoit un étalage d'avocats qu'elle considère, les tâte, hésite, n'en prend aucun, pensant qu'elle reviendra. Elle aime les étalages de bois, les lampes halogènes, la musique classique, et aussi, le tapis rouge à l'entrée. Elle ne demande rien à personne : elle vient, elle entre, elle touche, elle achète sans lever les yeux sur les gens. Elle est élégante, elle porte des vêtements longs en été et en hiver, la peau toujours couverte, comme si elle était fragile, et, sur le col tombant de ses chemises, des cheveux épais coupés au carré. Rares sont celles parmi les siennes qui se rendent à la Boutique coin Waverly puisqu'il y a un supermarché kascher sur l'avenue du Parc qui leur est réservé et leur convient parfaitement. Elles y connaissent d'ailleurs les vendeurs, les épouses des vendeurs, et elles n'ont pas à employer le français, une langue qu'elles n'ont apprise qu'à l'école primaire, rue Dollar. La femme qui vient d'entrer comprime sa bourse sous son bras et se dirige lentement vers l'étalage où Jan attend.

Près de l'entrée, Charles alluma car il faisait sombre dehors. Dans la Boutique pratiquement vidée de ses clients, on entend des petites bottes se poser l'une après l'autre, les touches noires et blanches du clavier, l'orage contre la vitrine, et le vent, infatigable, qui court d'ouest en est, passant du quartier des résidences à tourelles, à celui des dépanneurs des coins de ruelles. Le gérant amorce le rangement des boîtes vides à l'arrière du commerce alors que l'employé gagne la caisse. Jan regarde la femme qui regarde les fruits. Son manteau ample, sans ceinture, les bas couleur chair, les bottes à talons plats. Elle se tourne vers le comptoir où l'immigrant l'attend, l'ayant suivie du regard depuis les pommes, il n'aurait pu faire autrement. La cliente ne le voit pas encore, elle garde les yeux sur le sac, puis sur les lattes qui défilent. Son visage vient vers Jan, dans un instant il va découvrir sa blancheur sous le feutre noir du chapeau. Puis les yeux bleus rayés de vert. Elle arrive, et cela se passe. Ils sont face à face, séparés par un comptoir de bois, une balance et une caisse remplie d'argent. La jeune femme lève le bras pour poser les pommes, et c'est là qu'elle voit l'épicier, qui la regarde. Un homme blond avec des lèvres pleines. Mince, grand de taille, son regard à lui posé sur son visage à elle. Elle est dévisagée. Sur le mur de pierre derrière la caisse, la trotteuse de l'horloge s'arrête une petite seconde, et dans cet intervalle, elle, la femme, découvre, explore ce que c'est d'être dévisagée par un homme. Il n'y a pas de doute, la cliente ne baisse pas les yeux comme elle devrait, comme elle l'a toujours fait. C'est incroyable, pour elle, de regarder un homme comme lui, elle le fait quand même, ça dure, c'est inexplicable, la première fois que ça lui arrive, on ne sait pas encore ce qu'elle pense, elle aussi l'ignore, elle se laisse dévisager. Puis la trotteuse reprend, mais rien ne change, tout persiste dans l'instant des yeux qui se contemplent. Il fait humide, le moment va s'achever, un millième de seconde, et puis avant de baisser la tête sur les pommes, elle emporte le blond dans sa tête comme une voleuse, c'est instinctif, inconcevable, pire que tout. Tout de suite après viennent la fièvre, l'étourdissement et le regret. C'est fini, elle s'ordonne de ne plus y penser, elle n'y pensera plus. Et tout à coup elle craint que quelqu'un soit là derrière elle, peut-être quelqu'un qui a vu, non, elle n'a rien ressenti, elle ne tremble pas, elle n'a pas fixé l'homme derrière le comptoir, la luisance blonde de ses cheveux, les lueurs blanches qui rappellent celles des cils… un homme si grand de taille, son mari à elle est beaucoup plus court, les pommes vite et elle pose malhabilement le sac sur le plateau de la balance et rien ne s'est passé, se rassure-t-elle, déjà prête à oublier les fruits, fuir dans la pluie, rentrer chez elle, fermer les portes et verrouiller les serrures. Elle reste immobile et un moment vide survient, occupé par les douze pommes qui se font peser. C'est un moment interminable pour celle qui garde les yeux sur le comptoir.

Le Polonais en est sûr, c'est la première fois qu'il la rencontre. Des yeux clairs avec des rayures plus profondes que du noir, il n'en a jamais vus de semblables. Il n'a pas besoin d'entendre sa voix, tout se passe dans le silence blanc du visage qui lentement se teinte de rose. Elle tient le billet au-dessus du comptoir, elle garde les yeux sur le billet, et Jan sur les siens. Elle ne sait pas pourquoi il ne saisit pas l'argent, elle doit lever les yeux pour comprendre, et alors, c'est le second instant de cette rencontre, et dans cet instant qui dure, il n'y a que les yeux qui s'observent, fixement. Ça les surprend tous les deux, ni elle ni lui ne comprend ce qui se passe, une sorte d'urgence, peut-être. Le passage d'une saison à une autre, le bout des branches qui cogne et glisse sur la fenêtre embuée coin Waverly, c'est le rose, le blond, le bleu, le vert qui se mêlent aux bémols d'une sonate, c'est un nouveau battement du cœur, c'est la fin de quelque chose, le début d'autre chose, c'est la vie qui tourne étourdie tout à coup, les mains qui se crispent, se *moitent*, des yeux qui ne seront plus jamais les mêmes, la naissance de deux insomnies, un billet qui tremble et qui voudrait être pris pour que le manège s'arrête.

Jan allonge le bras pour saisir l'argent, et sous le regard de la femme et de l'immigrant, le billet passe d'une main à l'autre. Dans le transfert, les doigts ont été si près, si près que le poignet de la cliente, devenu très lourd, frappe un coup sec sur le comptoir, elle le remet à sa place le long du corps et ne lui montre plus ses yeux, promis. Jan appuie sur le clavier, elle entend les touches qui calculent, et le tiroir-caisse qui s'ouvre, et les pièces qui glissent. Après, c'est impensable mais elle le fait, elle le regarde encore, c'est comme ça, c'est grave comme ça. Ils se regardent. Il lui tend les pièces, et elle les prend dans son petit gant qui forme un nid.

5

Je me rappelle le silence vaguement troué par les verbes qui passaient par tous les temps, de pupitre en pupitre. Je me rappelle les piles de travaux à corriger, et les nuages noirs qui traversaient le mur vitré pendant tout le mois d'octobre. Les vents fâchés qui effrayaient la rousse Libby Rosenberg, son souhait qu'un jour Mrs. Adler éloigne son pupitre du tonnerre, parce que peut-être il va tomber sur ma tête. Je me rappelle Yitty qui m'avait offert la dernière impatiens du square, un jour de promenade. Les douze ans, mystérieuses indociles. Les onze ans, qui voulaient tout savoir sur moi, et qui, en échange, me promettaient des secrets. Je me souviens des jours d'évaluation où Hadassa Horowitz, la frêle, la séduisante, devenait curieusement très malade…

Son ventre était appuyé contre les copies empilées sur mon bureau. Sa tête, légèrement penchée à gauche. Son étoile bleu et jaune tissée sur sa tempe. Et comme chaque jour, sa crinière crépue, indomptable, véritable broussaille. Tout près, tout doucement, comme au premier jour sa bouche se froissait, puis se défroissait :

— Madame, je ne me sens pas bien. Je peux aller à la maison?

— Non, Hadassa. Aujourd'hui il y a un test sur les verbes. C'est très important.

La petite retournait piteusement à sa place. Fixant le Bescherelle, elle frottait ses yeux, plusieurs fois à gauche, plusieurs fois à droite, en rond, en nuage. Cinq minutes plus tard, elle revenait:

— Je vais pleurer beaucoup, mes yeux sont rouges. Je vais pleurer parce que j'ai très mal au ventre, la secrétaire Rifky qui est ma cousine a dit que quand on a mal au ventre en sixième année, on peut aller à la maison.

Une coquetterie de malaise. La moue d'une reine de onze ans et deux mois. Hadassa savait comment insister, et de fois en fois je concédais toujours plus facilement à ses caprices.

Deux jeunes femmes travaillaient au secrétariat, situé sur le même étage, à quelques mètres de notre classe. Il y avait Léa, visage ovale, sourcil unique, taille forte, impatiente, parfois brusque. Mariée depuis un an, il n'y avait pas encore signe de grossesse sous sa large veste et c'était très inquiétant. Rifky, quant à elle, plutôt maigre et pâle, intolérante à la poussière, traînait en permanence un mouchoir blanc brodé or. Seconde de sa famille, elle avait dû attendre que son aînée, Déborah, se marie avant elle. Puis son futur époux avait été choisi, un monsieur qui vient de *England,* avaient précisé les onze ans, sous le seul arbre de la cour. «Madame, Rifky a *engaged*!» avait annoncé Yitty, un beignet à la crème dans une main. «Tu sais comment nous on *get engaged*? Quand la maman pense que c'est déjà le temps de faire fiancer sa fille, elle appelle le *shadchen*. » Après une bouchée de beignet, l'enfant à la peau jaune avait enchaîné : « Le *shadchen* doit avoir plus de trente ans, il doit être poli, avoir une barbe et des longues *peyes*, et aussi un cellulaire, s'il n'a pas, il peut pas être *shadchen*. Le *shadchen* a un livre avec toutes les informations sur les garçons et les filles pas mariés. Même nous on est dans ce livre-là. Il va essayer de faire le *best match*, et après il va appeler les parents avec les informations du garçon et de la fille. » Dernière bouchée de beignet. « Si les parents sont d'accord pour marier leurs enfants, ils vont chez le rabbin pour savoir si il veut, si oui, les parents et les enfants vont à l'hôtel, comme l'hôtel Holiday Inn. Tu connais ? » Léchage de doigts. « Ce jour de l'hôtel, la fille et le garçon parlent ensemble et la première question que la fille pose, c'est si il va respecter la Torah. Elle va aussi demander quelle couleur de bas elle doit porter. À la fin de la journée, si le garçon et la fille veulent se marier, les parents appellent tous les cousins, les tantes, toute la famille et les deux mamans préparent une fête qui s'appelle *Tenaïm*, et c'est là qu'on jette par terre une assiette pour dire que c'est officiel… » Lorsque Yitty avait mimé un lancer, une des professeures vint nous chercher pour les rangs.

Nous attendions que Hadassa revienne pour distribuer le test. Quelques-unes récitaient encore, tête baissée, Yitty, couchée sur son bras, examinait chacun de mes mouvements, Blimy et Gittel, les identiques, se recoiffaient dans un petit miroir triangulaire, tandis que d'autres réparaient pour la vingtième fois leur mini-poubelle. Je me levai et m'approchai de la fenêtre. Les feuilles lobées du chêne se détachaient par touches roussâtres, et le tronc pliait une fois à droite, une fois à gauche. Au-delà de la cour et du grillage, sur la rue Dollar, je reconnus Mrs. Adler et quelques autres professeures du matin qui quittaient l'école, d'un pas lent et discret, légèrement repliées sur les mallettes qu'elles gardaient sous leur bras. La distance entre les enseignantes du yiddish et celles du français était incontestable. Je ne parvenais pas à leur adresser la parole ni à croiser leur regard. Curieuse, j'observais, sans gêne. Les perruques qui venaient de l'Inde et étaient sans exception taillées au carré, à un centimètre près du dessus de l'épaule. Les souliers plats bien brossés, les bijoux discrets posés sur leurs chemises fermées, leurs bas couleur chair, bruns, ou marron. Ceux de Mrs. Adler, marqués par une couture arrière, épaisse et droite, traduisaient sa pudeur, mais surtout son attachement à la tradition.

— Madame! appela Yehudis, une douze ans qui dessinait des fleurs, au lieu d'étudier. Tu sais maintenant on est dans l'année 5765?

— Ah bon? dis-je en accentuant l'étonnement.

— Oui, nous on n'a pas le même calendrier que toi. 5765, ça c'est le vrai temps.

Hadassa revint. N'embrassant pas le *mezouza*, elle jeta son Bescherelle par terre, croisa ses bras sur sa poitrine, ne bougea plus. Le temps ne passait jamais assez vite pour cette enfant. Elle cochait d'ailleurs sur un tableau les journées d'école avant les prochains congés, recommençant souvent, plusieurs fois par semaine, sa tête enfoncée dans le pupitre de bois, au milieu d'une leçon. Ce qu'elle aimait faire, maigre Dassy, c'était ranger sa table de travail, mettre tous ses cahiers à l'intérieur, nettoyer la surface de bois, tenir son gros sac d'école sur ses genoux, regarder l'horloge derrière moi, au-dessus du tableau vert. J'ignorai ce comportement si propre à Hadassa, m'adressai à la classe entière, ordonnai de ne garder qu'un crayon de bois et une gomme à effacer, puis de se redresser. Tandis que je distribuais les feuilles, Hadassa comprit qu'elle n'y échapperait pas, leva la main brusquement, demanda la permission de faire *la prière des tests*. J'acquiesçai, intéressée par cette procession. La malade, copiée par Yitty, Libby, les jumelles puis toutes, se pencha tête la première sur ses genoux et marmonna des versets pendant au moins cinq minutes.

Lorsque le test fut complété, les filles acclamèrent en sautant à pieds joints une période de gymnastique, qui débuta par une recherche sérieuse de chaussures de sport. Les élèves passaient de classe en classe pour emprunter celles de leurs sœurs ou cousines, ou formaient des paires dans la boîte d'objets perdus, puis couraient au gymnase où les douze ans décidaient d'un jeu pour toutes avant de diviser les équipes. Moi, j'étais là pour répéter «pas si vite, attache tes lacets, attention la tête». J'étais là aussi pour consoler Libby, la timide, le souffre-douleur aux cent taches de rousseur, qui à chaque fois était la dernière choisie, ou même pas du tout choisie; j'étais là pour trier les ballons mous, sortir des matelas bleus souvent déchirés, imaginer des haies avec des bancs, aligner des bandes de papier pour créer des territoires sur le sol de ciment gris. L'école n'investissait pas dans le matériel, parce que selon les élèves, le sport est plus important pour les garçons, qui étudient plus longtemps et plus rigoureusement. J'adorais m'asseoir pour examiner la dynamique des clans, comprendre les réactions de chacune, les connaître davantage. Lorsque les groupes étaient faits, les filles fourraient leurs jupes marine dans leurs collants marine, parce que même pour faire du sport, les pantalons courts étaient interdits.

Ce jour-là, craignant que les filles trébuchent, je ramassai les déchets, qui après chaque récréation étaient laissés sur le sol. Perle, *best friend* de Nechama pendant tout l'automne, vint m'aviser que Hadassa pleurait et qu'elle avait décidé de partir. Me tournant vers l'entrée du gymnase, j'aperçus la touffe qui doucement poussait la porte. Je courus vers elle, la retrouvai dans les escaliers, lui criai :

— Hadassa, où vas-tu ?

L'enfant s'arrêta, puis s'assit dans la poussière. Je m'approchai, vis ses yeux qui débordaient, et son étoile bleu et jaune qui semblait gonfler sur son front.

— Que s'est-il passé, Hadassa ?

L'enfant cacha son visage derrière ses mains.

— Je veux pas jouer, je suis *sick*.

Entendant la voix de la directrice qui ne semblait pas si loin, Hadassa se leva et alla se recroqueviller dans un coin du gymnase.

Yitty et sa cousine Malky Kohn, qui avaient abandonné le ballon chasseur parce que « madame tout le monde triche », se pressèrent vers moi munies de cordes à danser. « Madame, compte qui fait plus ! » Sous les néons phosphorescents du gymnase, elles sautèrent en collants et bedons ronds. Je souriais, j'émettais des bravos de maman, je répétais continuez, et puis se présentèrent Blimy et Gittel que j'accueillis en déclarant : « Salut les jumelles ! » « Madame, me fit remarquer Gittel, tu dis toujours ça à nous ! » Elles rigolèrent en rapprochant leurs visages joufflus l'un contre l'autre, puis Blimy implora que je compte pour elles aussi. Plus tard, alors que j'étais rendue à cent trois, Libby se joignit à nous, et tendant vers moi sa montre en plastique vert comme son cadre de lunettes, elle m'avisa : « Ça va sonner. Il faut partir pour *Shabbes*. » Le vendredi, nous quittions toujours tôt, afin que les gamines et les enseignantes du matin retournent à la maison préparer la venue du shabbat, consacré au Créateur du monde. Les trois repas, celui du soir et ceux du lendemain, devaient être cuits et maintenus au chaud. Il fallait fleurir le foyer, nettoyer ses sols, cuire le pain tressé, sortir le vin, les coupes, frotter le chandelier, les couverts, préparer les habits de fête, se tenir prêt à accueillir le retour des hommes et à célébrer le shabbat en allumant les bougies.

Les filles, excitées, saisirent leur sac d'école le long des murs, s'alignèrent, j'attendis le silence, et avant que la cloche ne sonne, je les étonnai en lançant : « *Git Shabbes!* » La sonnerie n'eut pas le même éclat que d'habitude, elles demeurèrent quelques secondes immobiles, muettes, puis déguerpirent, déstabilisées. M'apprêtant à ramasser les crécelles et quelques ballons, je vis Hadassa venir du fond de la salle. Elle s'avança, et d'un orifice qui se tordit par trois fois, une voix tiède sortit : « Madame, madame, toi tu… toi tu parles yiddish et tu connais *Shabbes*? »

6

Pantoufles sur la table basse, Jan écoutait, réécoutait *l'Impromptu* qu'il avait acheté le matin, après un café baguette chez Pagel. La veille, au Oscar Peterson Hall, après les Polonaises et les Nocturnes, Anna Spilzberg avait interprété et offert aux fanatiques crispés, cette pièce, joyau de l'ère romantique. Aux côtés de Charles qui s'était assoupi avant l'entracte, Jan l'avait entendu pour la première fois. Il connaissait pourtant le répertoire de Frédéric Chopin, ayant exécuté multiples pièces lors d'auditions, de concerts ou de concours. Mais *l'Impromptu en la majeur*, non, jamais.

Jan alla se servir une Zubrowka sans glace. Revint par la cuisine où il inspecta la rue, et la nuit qui s'alitait. Les rideaux de Rafaëlle étaient déjà tirés, et la Waverly désertée. Le Polonais reposa ses pieds sur la table. Écouta encore pour s'émouvoir encore. Lentement, il dégusta la vodka parfumée à l'herbe de bison, et jouit de ses brûlures. Lorsqu'il eut terminé son verre, il sortit la partition qu'il s'était procurée le jour même, se pencha sur elle, la lut de gauche à droite, de haut en bas, tourna onze pages en chantant tout bas.

Puis il sentit le désir très fort de la jouer, s'installa au piano, étira la main droite, tapota le clavier, chercha un peu, trouva la mélodie. En rappel, Anna Spilzberg avait salué son public, et elle s'était recueillie, avant d'offrir, de mémoire, *l'Impromptu*. L'artiste filiforme en robe bustier avait alors fait frémir quelques femmes qui s'étaient caché le visage dans l'obscurité du hall.

Sa main droite apprivoisant la mélodie, la gauche la rejoignit. Petit à petit. Tâtonnement après tâtonnement. D'autres mesures, d'autres portées avec la droite, la gauche, les deux ensemble. Jan y arrivait, et il souffrit un peu parce que trop sensible. Enfant, il pleurait en face du piano demi-queue du *dziadziu*. Et son professeur privé se fâchait, contre son manque de rigueur, de tempo, de rythme. Jan pleurait encore plus fort. Parce que la peur au-delà de la beauté. Il s'arrêta. Franchit le couloir, pénétra dans sa chambre, s'approcha de la vitre qui laissait passer des miaulements. Dans la ruelle faiblement éclairée par un lampadaire vieillot, il ne vit pas l'animal, qui brailla longtemps, fortissimo, des égorgements répétés. Jan s'assit sur son lit, s'étendit, écarta les bras. Comme un fou attendri, il repensa à la femme.

7

« Ici ? vérifia Charles tenant au bout de ses bras trois épis de maïs contre un mur safran. »

— Un peu à gauche… Voilà, conclut Jan.

C'était l'époque des courges volumineuses. On les retrouvait sur les ballots de paille, les tapis en faux gazon, près des fenêtres, sur les tables de cuisine, dans les potages ou les muffins. Les commerces vendaient les outils tranchants pour les apprivoiser et la peinture pour les humaniser. Il y en avait dans les albums à colorier et sur tous les sacs d'achats imprimés. Ceux qui participaient aux concours de celle qui pèserait le plus lourd les avaient engraissées à coups de seaux d'eau non stérilisée. Puis venait le temps du défilé, et du gagnant de l'année, à qui on donnait une poignée de main, et un cliché. C'était aussi l'époque des premières gelées et des feuilles râtelées. Des jets d'eau, des balançoires et géraniums, retirés. Les demoiselles paradaient, foulards sur décolletés, et les jeunes hommes, bérets sur le côté.

— Il y a encore de la place ? demanda Jan qui venait de la cave avec deux énormes citrouilles.

Charles, qui improvisait le décor, les lui prit, et les ajouta dans la vitrine où l'on pouvait en compter une dizaine, les unes posées dans des caisses de pommes vides, les autres réparties sur des feuilles d'érables roussies.

— Si je comprends bien la fête, il ne manque qu'une échelle et un chat noir! taquina le Polonais faussement superstitieux mais informé des coutumes d'Halloween.

Le gérant, toujours vif, claqua des doigts de façon théâtrale, et sortit promptement. Empruntant les escaliers extérieurs, il pensa à la toile de jute qu'il lui fallait poser, puis salua une voisine, qui fouettait son tapis. Il accéléra, pénétra dans son loft au-dessus de la Boutique, appela, puis redescendit avec une touffe noire, molle comme un chiffon, le gros Gaz Bar.

Sur le mur de pierre derrière la caisse, l'horloge annonçait midi. Jan se proposa d'aller acheter des choucroutes chez Euro Déli Pastory, enfila une veste de laine, puis s'avança sur Saint-Viateur. Entra ensuite une demoiselle avec un chignon et une raie claire tracée au milieu de la tête. Petite, elle portait un manteau rose à taille princesse avec six boutons ronds. À peine arrivée, elle se jeta sur le chat bâtard qui prenait un bain de soleil sur un tapis de feuilles. Son poil noir était brûlant, et la bête ronronnait langue sortie. Libérant l'animal, elle complimenta l'épicier pour la vitrine, et s'en moqua gentiment avec la main devant la bouche. «Vous participez à un concours en décoration d'Halloween?» lança-t-elle. La cliente n'était venue qu'une seule fois, accompagnée d'une amie. Flânant dans les trois allées, elle découvrit les étalages de fruits et légumes, contourna celui des fromages, palpa quelques courges décoratives, puis s'enchanta des galettes rondes et plates au sésame. Elle s'en procura deux, puis dans le comptoir réfrigéré, choisit un lait de soya au chocolat. Lorsque les clochettes retentirent, la cliente était à la caisse. Elle se retourna, fut surprise, échappa son porte-monnaie en forme de coccinelle, parce que les coccinelles portent chance dans la vie, et les orignaux, les bateaux, les castors, les cents oxidés roulèrent sur les lattes. La nouvelle venue, qui portait bonnet, les évita. La cliente s'accroupit, et Charles vint l'aider.

— Merci bien, dit-elle, rivée sur le bonnet et peu sur les pièces de monnaie.

— Vous avez des clientes comme celle-là ? chuchota-t-elle à l'épicier.

— Parfois, répondit-il à voix basse.

Le manteau rose fixa le vendeur un moment, comme pour en apprendre plus, mais celui-ci se releva au son du téléphone. Sac à main serré sous le bras, la nouvelle venue fit trois fois le tour de la Boutique, nerveusement elle touchait ici et là, elle n'acheta rien, et finalement s'éclipsa. Au retour de Charles, la demoiselle compta ses pièces, puis les lui tendit.

Dehors, le soleil disparut derrière un énorme cumulus. Frissonnant dans son manteau rose, elle le boutonna, oublia l'épisode, pensa aux piles de corrections qui l'attendaient, monta dans un bus rue Saint-Laurent.

8

Dans chacune des maisons, j'appris qu'il y avait une importante collection de livres saints, gardés dans une bibliothèque vitrée. Mais qu'il n'y avait pas de comptines sur des disques, pas de téléviseur, pas de bandes dessinées ni de romans écrits en français. La culture profane était contestée par la tradition qui craignait une intégration sociale et un détournement des valeurs religieuses promulguées par la famille. Les pères ne lisaient pas les journaux avec régularité, de manière à ce que la lecture non religieuse ne les éloignât pas de l'étude talmudique, et n'écoutaient surtout pas la radio, ces voix de femmes, des vrais dangers pour les penchants de l'homme. Mes élèves ne semblaient pas en souffrir, l'univers de leur enfance évoluait sans frisson inutile, elles dormaient profondément et à l'abri de Cruella, des sœurs de Cendrillon et du bonhomme sept heures. Ayant huit, dix, douze frères et sœurs, la solitude était rarissime. Leur entourage alimentait les rapports humains qui allaient se multiplier et se fidéliser jusqu'à la mort. Il fallait aussi compter les mariages qui duraient sept jours, les fêtes annuelles, mensuelles, hebdomadaires, les sorties au zoo, aux terrains de jeux, les voyages à Brooklyn ou en Israël, les legos, les poupées, les déguisements, la peinture, les feutres, les jeux de cartes sans reine ni roi (parce que retirés du paquet). Les filles ne perdaient pas leur temps à cuisiner sur des fours en plastique, elles participaient aux vraies tâches, tandis que les fils allaient prier à la synagogue avec leurs pères. Les héros n'étaient pas dans la littérature, inaccessibles, ils s'appelaient maman papa et dormaient dans une chambre à deux lits.

À l'école, il n'y avait pas eu d'achat de livres depuis une vingtaine d'années. Les vieux bouquins étaient déchirés, souvent incomplets, gribouillés, et gardés dans un chariot qui traînait au deuxième étage. Je ne voyais jamais de livres dans les classes, ni dans les mains des enfants. Pour les cours de lecture, les professeures photocopiaient des textes à thèmes variés, qui étaient suivis de questions de compréhension auxquelles il fallait répondre par des phrases complètes. Au début octobre, je convainquis la directrice de l'importance de la lecture pour ces élèves, et me proposai de créer une bibliothèque. On m'offrit alors un budget de cinq cents dollars, une minuscule pièce, sombre et froide, attenante au gymnase, et on exigea que chaque nouveau titre passe au comité de censure. Habituées depuis la maternelle, les filles ne chercheraient pas à savoir pourquoi, dans les nouveaux livres, un trait de feutre noir couvrait les jambes et les bras nus, les cochons et les églises, ni pourquoi plusieurs fois par page, des mots étaient rayés et remplacés par des termes manuscrits. Vingt ans auparavant, on avait choisi pour elles des histoires joyeuses, positives, dans lesquelles rien ne fait peur et tout est prévisible et attendu. Ceux que je commandai se rapprochaient davantage de ce qui les entourait dans le quartier, du soleil qui brille et brûle, des boulevards qui sont passants et dangereux si on ne vérifie pas à gauche, à droite et encore à gauche avant de traverser. Les albums, les bandes dessinées, les romans étaient de couleurs et formats variés, fluorescents, avec des titres révolutionnaires, tels *J'ai vendu ma sœur, La grande chicane du monde, Mon père fait le ménage.* J'avais trouvé des étagères vides, les avais dépoussiérées, j'avais installé des tables rondes, des chaises tout autour, collé sur les murs des affiches énormes annonçant des nouveautés littéraires et des classiques. J'avais également réparé les anciens livres, les avais classés avec des codes de couleur, puis rangés auprès d'une cinquantaine de volumes brillants, censurés, magnifiques.

— Madame, aujourd'hui tu vas lire à nous un livre avec beaucoup de *expression*? quémandait chaque midi Yitty Reinman avant que la classe ne commence.

Plusieurs fois par semaine, effectivement, je laissais de côté les sciences, les dictées et les fatigues, et je les emmenais dans notre bibliothèque, qui devint dès le premier jour, leur cinéma. Me métamorphosant, lectrice et comédienne, j'avais plusieurs voix, plusieurs visages, interprétais tous ces personnages qu'elles ignoraient, découvraient, craignaient ou adoraient. Je sautais, je me roulais en boule, j'étais enfant, grandpère, cheval, tempête. Autour des tables rondes, les filles passaient du rire à l'effroi, aux mondes imaginaires, et à chaque fin d'histoire, elles s'étonnaient que tout cela puisse rentrer dans un seul livre.

Deux par deux, nous descendions en silence à la bibliothèque. La porte déverrouillée, les enfants cavalaient se choisir une place et manifestaient leur hâte dans des cris, des sauts, un brouhaha terrible, suivis des shhhhhhhhht… Madame va lire! Et alors, debout devant elles et un livre à la main, j'offrais le théâtre à mes élèves. Un après-midi de novembre, assise sur une table, j'entamai le récit suivant: «…*Un jour, la bique, devant sortir faire des courses, avait exigé des biquettes de n'ouvrir à personne pendant son absence. Peu après qu'elle ait quitté la maison, les sept biquettes entendirent cogner à la porte. «Toc! Toc! Toc!*» (je frappai sur mon bureau, ce qui les fit sursauter). *C'était le grand méchant loup* (les élèves se raidirent) *qui dit, avec une voix grave* (je forçai ma voix jusqu'à sentir la douleur au fond de la gorge): «*Ouvrez mes chers petits, c'est votre maman qui est de retour!*» *Mais les biquettes n'étaient pas bêtes, cette voix inquiétante ne pouvait être que celle du loup, et elles n'ouvrirent pas. Le loup fila donc chez l'épicier et acheta du miel pour radoucir sa grosse voix.* (Lorsque je me penchai pour saisir un pot de miel imaginaire, mon genou se découvrit, je tentai en vain de tirer sur ma jupe, une élève s'impatienta, «Madame, c'est pas grave, continue!» me pria-t-elle, puis je compris, en me baissant davantage, que dans ces moments de lecture le fantastique supprimait la règle de la pudeur, la plus importante chez les femmes de ce milieu, et je poursuivis.) *Le loup en mangea un grand pot et retourna à la maison des biquettes: «Ouvrez les enfants! C'est votre maman qui rapporte des cadeaux!*» *Mais les biquettes virent par la fenêtre la grosse patte poilue de l'animal. Alors elles se blottirent ensemble et crièrent: «Va-t-en loup! On voit tes pattes noires et celles de notre maman sont blanches et jolies! Nous n'ouvrirons pas!*» (J'entendis Yitty ricaner.) *Le loup décida d'aller acheter de la farine et il s'en mit partout sur le corps. Quand il retourna chez les biquettes, il cogna à la porte et dit : «Ouvrez mes petits! C'est votre maman, je vous rapporte beaucoup de surprises!» Une des biquettes demanda : «Montre-nous une de tes pattes pour que nous soyons sûres que tu es notre maman.» En voyant la patte blanche du loup, les biquettes crurent que c'était elle qui revenait et ouvrirent la porte.* («Ohhhhhh…» gémirent les jumelles.) *Mais quelle mauvaise idée! C'était le loup noir qui entrait. Les biquettes essayèrent de se cacher, mais le loup les trouva, une après l'autre, et mangea la première, la seconde, la troisième…* » «MADAME NON!!!!» hurla Hadassa, cachée dans le col de son manteau en laine bleue, parce qu'il fait très froid au sous-sol. Le cri m'arracha du récit, je levai les yeux sur elle et compris aussitôt qu'elle ne pouvait plus entendre l'histoire, pas plus que les autres qui couvraient de leurs mains leurs yeux ou leurs oreilles. Ce récit s'arrêta pour toujours, le regret et la culpabilité m'immobilisèrent, les élèves ne me laissèrent pas terminer l'histoire, raconter que le loup avait tellement mangé qu'il s'était endormi, et que pendant ce temps, la bique était revenue et avait ouvert son ventre, sorti ses biquettes qu'elle avait remplacées par un gros bloc de sel, ce qui avait fait courir le loup à la rivière très loin pour s'abreuver, et qu'alors, la bique et ses biquettes avaient fait une fête et avaient vécu heureuses et sans danger pour TOUJOURS. En choisissant cet album, j'avais ignoré son récit si peu convenable pour des enfants de ce milieu. Les pauvres petites biquettes ne devaient pas être mangées par le loup, et c'est très triste, madame, pourquoi les loups mangent les chèvres? J'ai pas DU TOUT AIMÉ, madame.

Au début, la sélection des lectures était une tâche difficile. Je regrettai d'ailleurs quelques achats, lesquels furent exclus par le comité de censure. Il fallait éviter les livres avec les méchants et les gentils qui se chicanent. Favoriser davantage les belles histoires qui finissent bien. Pour moi, apprendre à fouiller la frontière énigmatique qui sépare l'est de l'ouest. Ce jour-là d'ailleurs, je dus réagir rapidement, changer d'histoire, faire oublier les pauvres biquettes, alors je proposai :

— Libby, veux-tu aller choisir un autre livre ?

Elle fila, courbée.

— Ça c'est bien ?

Et elle me présenta un album qui parle de liberté et de vacances, avec plusieurs images.

— Oui, c'est très bien.

Je le saisis, m'installai sur une table, genoux croisés, montrai la couverture, et m'informai :

— Les filles, que veut dire le mot LIBERTÉ ? Oui, Hadassa.

— La liberté, c'est une statue, madame !

La réponse sembla plaire à toutes, et puis elle me plut aussi.

— D'accord, il existe la statue de la Liberté, qui se trouve à New York…

— Je l'ai vue avec mon famille ! m'interrompit Sury, au fond de la classe.

— Moi aussi, moi aussi ! suivirent d'autres.

— Oui, mais le mot Li-ber-té ?

Les enfants ne répondant pas, je poursuivis, improvisant la définition.

— Vous savez, la liberté, c'est quand on est libre, qu'on ne doit rien à personne, qu'on fait ce qui nous plaît et quand on veut…

Blimy m'arrêta sèchement :

— Non ! Ce que tu dis c'est être *spoiled* !!

Les élèves acquiescèrent, réagirent, et la bibliothèque connut un désordre animé, voire hasardeux, dix-neuf voix contre la mienne, jusqu'à ce que j'intervienne :

— Les filles, on se rassoit, on se calme, nous avons des visions différentes de ce qu'est la liberté, c'est normal, mais je pense qu'on peut quand même lire et comprendre *La liberté de Michou en congé*. Vous avez encore envie de l'entendre ? Le «oui» fut précipité et collectif. J'entrepris donc le récit, montrai longuement les belles images, et tout se passa bien, car enfin, la liberté, c'est avoir des vacances et jouer à cache-cache, manger un gâteau au chocolat, aller à la piscine et s'amuser avec sa cousine.

Après les lectures, j'offrais du temps pour qu'elles apprivoisent elles-mêmes les bouquins. Les premières semaines, elles choisissaient ceux de maternelle, ou du premier cycle. Fixant et commentant longtemps les couvertures, elles semblaient rêver bien au-delà de l'image, au-delà des titres qu'elles découvraient avec l'index. En faisant la lecture à deux ou trois, quelques braves se risquaient aussi à modifier leur voix et imiter des bruits, ce qui les amusait sans fin. Souvent, on venait m'interroger sur la définition de tel ou tel mot, ou la lecture de la fin de l'histoire, parce qu'on comprend pas tout, madame. Les filles paraissaient s'évader dans un imaginaire jamais exploré auparavant, celui des autres enfants, celui des dessins animés à six heures du matin ou des lectures de chevet guidées par les mères qui s'assoient sur le lit avant la nuit. Parfois, «Madame, c'est impossible, les animaux ne parlent pas!» et une élève de répondre à ma place: «C'est imaginaire, tout peut arriver dans les livres!!!» «Ah oui, c'est vrai, mais pourquoi le petit garçon dort avec le chien dans son lit? Nous on peut pas faire ça!!! *We hate dogs because they bite Jews!*» Puis, peu à peu, elles se risquèrent aux livres du second et troisième cycle. Les consignes étaient formelles, il était interdit aux professeures chrétiennes engagées par le ministère de discuter en classe de la passion, de la reproduction, des médias, d'actualité, des programmes télévisés, des croyances religieuses, des films et des chanteurs, de la violence ou du drame, de la mort, et de tout événement historique ou scientifique qui date de plus de six mille ans. Or, personne n'avait interdit de faire découvrir le monde des livres. J'invitais mes élèves à lire pour ressentir, à lire pour s'évader, à lire pour aimer lire.

J'aimais faire le tour des tables, être interceptée par l'une ou l'autre. Un jour, Yitty, qui était penchée sur l'album *Martine à Londres*, me raconta, sourcils arqués, que sa grand-maman avait juste quatre ans quand les Allemands ont lancé des bombes sur *London* et que tout le monde devait aller dans le sous-sol pour se sauver du feu et quand grand-maman est allée se coucher, une bombe a éclaté près de la maison et le toit est tombé. Elle a perdu sa voix de surprise et elle ne pouvait pas parler pour un an. Près d'elle, Malky avait enchaîné: «Moi, tu sais, mon grand-père a vu la *second war*? (L'enfant saisit une mèche de cheveux noirs et l'enroula autour de son index.) Pour la *first world war*, il a resté caché dans la forêt. Mais pour la deuxième, les méchants ont pris sa femme, ses six enfants et ses parents, et il a resté tout seul. Il a travaillé dans les ghettos à Birkenau. Tu connais Birkenau? Les messieurs voulaient le tuer mais il s'est échappé trois fois parce qu'il courait vite comme moi! (Malky sourit fièrement.) Ma mère dit que c'est les miracles qui l'ont gardé vivant.»

— Il est toujours en vie ton grand-père? demandai-je à l'enfant aux cheveux noirs presque bleus.

— Oui-oui. Après que la guerre est finie, il a déménagé ici, et il a construit beaucoup de maisons. Des très grandes maisons. Moi je l'aime beaucoup mon grand-père. Toi aussi tu aimes ton?

Tout près, Gittel faisait la lecture à Blimy: «*…Au Japon, quand on est poli, on enlève ses souliers pour entrer dans une maison.*»

— Madame? questionna Gittel en se tournant vers moi. Les *Chinese* marchent avec pas de souliers sur le plancher?

— Les Japonais… Oui, ils marchent pieds nus.

— Mais on ne peut pas!

— Pourquoi Gittel?

— Juste les morts… (et elle prononça quelques mots rapides en yiddish, des mots qui protègent.) Juste eux ont les pieds nus. Quand une *person* est mort, on enlève les souliers, *so* si on est vivant, on les garde! Toi tu enlèves tes souliers pour marcher?

Hadassa, la plus jeune de la classe, aimait les Schtroumpfs seulement et parce qu'il y a la Schtroumpfette. «La Schtroumfette est belle, hein, madame?» me répétait-elle plusieurs fois par semaine. Lorsqu'elle choisissait un volume, elle vérifiait auprès de moi: «Est-ce qu'il y a Gargamel dans le livre?» car Gargamel l'effrayait, et elle m'expliquait que ce serait mieux qu'il n'existe pas parce que sinon, un jour, il va manger le bébé schtroumpf et que la Schtroumpfette va être très *sad* de ne plus avoir de bébé. Hadassa pénétrait l'univers des petits hommes bleus comme elle était entrée dans la classe le premier jour : frêle, désespérée. Les Martine, c'est trop difficile à lire, il y a trop de mots, madame, mais les images, ah les images c'est autre chose, elles sont *perfect*, moi j'aimerais très beaucoup dessiner comme ça.

À la demande d'une douze ans, je posai une boîte remplie de crayons feutres et de feuilles blanches sur une étagère. Les élèves, qui adoptèrent rapidement des chouchous, tels Clifford, la Fée des neiges, Caramel, adoraient les tracer, les colorer, et copier leurs noms. Souvent, la paresseuse demandait :

— Madame Alice, j'ai li déjà trois livres, est-ce que je peux dessiner ?

— J'ai LU. Oui, tu peux.

Hadassa, piètre lectrice, préférait dessiner avec des gros feutres qu'elle tenait par deux pour créer des tourbillons de vent dans le ciel. Elle dessinait à rebours la Schtroumpfette et son bébé, ou alors, une petite fille avec une robe à volants, Lili, son prénom préféré depuis le récit de *Lili aime la vie*. Ne connaissant pas l'épouvante des monstres sous les lits, l'enfant frêle ne supportait pas le malheur, ni une mauvaise nouvelle, ni tout ce qui ressemblait à Gargamel. Elle racontait souvent que dans la rue, les méchants abondent, «oui, les *goyim*, les hommes pas juifs, ils kidnappent les enfants comme nous. Ma mère l'a dit, c'est pourquoi on se promène jamais seule.» Une fois, la surprenant en train d'écrire dans son cahier de mathématiques le prénom Lili, je cherchai à savoir si elle allait nommer son enfant avec ce prénom, mais la réponse fut catégorique, presque colérique, « Madame, nous on doit donner aux bébés le nom de ceux qui sont morts déjà. » Le sien provenait de sa tante décédée dans un camp de Pologne, et il signifiait, me confia-t-elle, *Hidden beauty*. Au retour de l'école, j'avais cherché plus encore, et avais trouvé : Hadassa, *flowering myrtle*. Myrte, arbre ou arbrisseau à feuilles coriaces, et je pensai que son nom lui ressemblait. Une enfant de onze ans, et devant elle, les six cent treize commandements de la Torah.

9

Après s'être lavé les mains, son époux revêtit son châle de prière, enroula à son front et à son bras gauche deux écrins de cuir noir, se tourna vers Jérusalem, pieds joints, récita la prière du matin, et il rendit grâce à Dieu de ne pas avoir été fait femme. Allongée, elle le regarda prier un moment, puis recouvrant ses yeux, elle récita l'histoire de la création…

L'homme est né de la terre et la femme d'un os. Les femmes ont besoin de parfum et non les hommes : la poussière du sol ne se corrompt pas tandis qu'il faut du sel pour conserver la viande. La voix de la femme est aiguë, pas celle de l'homme : la viande tendre cuit en silence, mais que l'on mette un os dans la marmite, et aussitôt un craquement se fait entendre. L'homme s'apaise aisément, et non la femme : quelques gouttes d'eau suffisent à ramollir une motte de terre, alors qu'un os reste dur même s'il trempe dans l'eau des jours entiers. L'homme doit demander à la femme d'être son épouse et non le contraire, car c'est lui qui a souffert de la perte d'une côte, c'est à lui de se refaire…

Lorsqu'elle l'entendit sortir de la chambre, elle le suivit jusqu'au vestibule et referma la porte derrière son mari qui se rendait, comme chaque matin, aux bains rituels. Elle termina ensuite sa prière en louant Dieu de l'avoir créée «selon son désir».

C'était encore l'aube sur l'île. Il faisait mauve et c'était novembre. La femme déjeuna peu, peignoir tourné vers les résineux du jardin. Depuis la noce et l'emménagement, elle se permettait de rêvasser long-temps ainsi, immobile et mains jointes sur une tasse de thé en faïence qu'il lui fallait réchauffer à quelques reprises. À douze ans, sa mère avait commencé à la réprimander pour son air songeur, condamnable chez une fille à qui on chercherait un époux. Mais les années avaient passé, et à la rêverie, une lassitude chronique s'était ajoutée. Sur les conseils du rabbin, l'adoles-cente avait dû redoubler ses prières, tout en évitant le Talmud, car une femme trop instruite n'est pas une bonne affaire. On lui conféra également, afin de pré-venir les rumeurs d'un état pathologique, une santé fragile, semblable à celle de sa tante Sarah de Jérusalem qui a épousé un homme bien et qui a eu huit enfants en santé.

Son front couvert d'un voile à rayures fines, elle alla se parer pour la fête d'*Upsheren*. Son neveu célébrait ses trois ans et, tôt le matin, avant de se rendre à la synagogue, il avait revêtu son premier châle frangé. Sa mère, soucieuse, l'avait regardé fébrilement quitter la résidence et, pour toujours, le monde des femmes. Après l'office du matin, le petit Toivy devait se rendre chez le rabbin, afin que celui-ci lui tonde la tête, pre-nant garde de récupérer une longue mèche de che-veux pour sa mère, qui la rangerait dans un coffret ciselé. Le restant de la chevelure serait brûlé afin que

Toivy, sur son lit de mort, ne soit pas obligé de partir à sa recherche avant d'entrer dans l'autre monde.

La femme soupira. Elle passerait la journée parmi ses sœurs et leurs enfants, devrait dissimuler la monotonie de ses semaines, les rassurer quant à sa santé, et non, toujours pas de grossesse, oui, je suis très blême, ce n'est rien, l'automne est si sombre. L'épouse monta à l'étage où elle fit les lits. Puis elle s'arrêta devant la glace du couloir, ouvrit le peignoir, constata la maigreur absolue, le ventre plus plat que les galettes de pain sans levain. Comptant ses côtes, elle posa un doigt sur chacune d'elles, pencha la tête, examina son corps étroit, retira ensuite son voile rayé, observa la forme de son crâne, sa clarté. Elle passa ses mains dans la tonte, lentement. Assise sur la causeuse près de son lit, elle enfila ensuite, jambes levées, des bas couleur chair, puis hésita entre deux tenues, choisit la plus chaude, la passa, ferma la boutonnière jusqu'au cou, sortit une chaîne torsadée qu'elle posa bien en évidence sur le chemisier. Après, elle inspecta la perruque, le *shaytèl*, disciplina quelques mèches avec un peigne à dents larges, puis la fixa sur son crâne. Quant au choix d'un bandeau ou d'un chapeau, elle n'en trouva aucun qui lui plût ce matin-là. Elle vérifia alors sa montre-bracelet, puis décida de se rendre à la bonneterie avant de faire les courses pour sa sœur.

Sa tante Teresa Horowitz l'accueillit à bras ouverts, s'informa de son époux, de ses beaux-parents, puis l'invita à découvrir les nouveautés qui provenaient de Brooklyn. La nièce palpa les bonnets, les bandeaux, les voiles, turbans, chapeaux ronds, effleura les mous, les rigides, ceux en velours, en coton, hésita. Laines, tissus unis, perlés, à paillettes, à motifs… Elle en testa une dizaine, puis choisit de couvrir entièrement son *shaytèl* d'un voile en soie vert jade. Elle le plaça tout en laissant dépasser la frange châtaine, reçut des compliments, puis l'attacha pour la journée à l'aide de pinces. Devant la caisse, elle attendit la facture, et en jetant un coup d'œil dehors, le vit qui traversait la rue, mains dans les poches, démarche souple, tête nue brossée par le vent. Tremblante, elle sortit les billets, fut raccompagnée par sa tante qui lui susurra *Git besiris, with God willing.* Elle s'engagea agitée sur l'avenue du Parc. Fonça vers le sud-ouest, fixa les trottoirs, coinça son sac à main sous son coude. Poitrine compressée, elle passa Saint-Viateur, se plia davantage sur ses bottines vernies, accéléra, trotta pieds à plats, atteignit le square, s'arrêta. Haleta quelques instants main sur la poitrine. Reprit son souffle appuyée contre un arbre mouillé. Doucement se redressa. Tâta son voile avec l'index et le majeur. Inspecta sa veste, sa jupe, replaça ses épaulettes, prit son sac par la ganse, marcha droitement.

Sur le tapis-brosse de Simi et Elieser Adolf, elle n'eut pas le temps de baiser le *mezouza* que deux jumeaux ouvrirent, calottes, boudins et habits identiques. Sa sœur accourut ensuite, la fit entrer en louangeant le voile, et lui tendit un cintre. Simi nota ses mains vides, les achats oubliés, ne s'étonna point. Discrètement, elle téléphonerait à Rifky, qui passerait chez Lipa quérir les fruits. Les jumeaux disparurent, et trois jeunes filles, robes, collants blancs et cheveux noués la guidèrent à la cuisine qui embaumait la volaille. Les cadettes nattées furent montées l'une après l'autre sur l'îlot de travail, et l'aînée leur distribua des cuillères. La blouse de protection passée, Simi la lui boutonna, entamant le récit matinal. Sa sœur était volubile, l'avait toujours été. Elle pouvait décrire pendant une heure un événement d'un instant. Épouse d'un circonciseur, elle était joyeuse, patiente, soumise à son mari, à Dieu, et dévouée à ses six enfants : une *balboste* irréprochable.

— … Toivy s'est éveillé de très bonne heure, comme un grand, a pris le petit déjeuner avec son père…

Simi relatait, doigts dans la farine, supervisant les fillettes sur le comptoir et conseillant son aînée quant à la cuisson des légumes. Taille plantureuse, elle avait des yeux, des oreilles, des mains pour tout. La femme la suivait ici et là, talons sur tuiles, comparant ses bas à ceux de sa sœur, qui avait obtenu la permission de les porter beaucoup plus clairs.

— … Il va revenir tondu… et ses si belles boucles perdues !

Pétrissant la pâte, la femme luttait constamment pour suivre les histoires de Simi et s'y intéresser. Elle l'avait revu, malgré elle, malgré ses efforts de prière et les soins multipliés à l'égard de son mari. Échappant une pelote de pâte sur le sol, elle paniqua, rougit, se rassura : non, David ne pouvait se plaindre auprès du rabbin, elle avait appris très rapidement le métier de femme de maison, elle cuisinait bien, rangeait, nettoyait selon les règles de la Torah, préparait avec soin la venue du shabbat, parfumait la résidence de la cuisson du pain tressé, les chandeliers étaient toujours astiqués, les nappes blanches et les habits rituels repassés. L'enfant tardait, c'était vrai, mais ça viendrait, ça viendrait…

— Toivy est prêt pour l'école, continuait sa sœur, il a une mémoire phénoménale, papa dit qu'il sera un érudit, voyons voir demain comment il léchera l'alphabet couvert de miel…

Et on entendit l'aînée Blimy qui articula clairement : « *Toivy's going to be a real Jew and I will be very proud of him.* »

Couverts en main, Simi, qui œuvrait deux fois plus rapidement qu'elle, s'appuya sur le comptoir un instant, et crispée se flatta le bas du ventre. Puis, mine de rien, fila préparer la salle à manger pour les hommes et la salle de séjour pour les femmes.

10

Jan avait commencé à faire des balades dans le quartier ouest. Il contemplait les fenêtres en saillie, les tourelles, les vitraux, les fioritures, parapets, faux pignons. Il découvrait chacune des avenues, retenait des façades, des entrées somptueuses, avait repéré une synagogue et déduit l'horaire des prières du soir. Quelquefois, après le dîner, il s'y rendait pour écouter le chant monotone des hommes, et lorsque ceux-ci ressortaient, Jan les suivait afin d'entendre plus encore cette autre langue venue d'Europe. Il y avait le magnifique square, le salon urbain de tradition britannique, avec au centre, un ange en cuivre qui servait de fontaine. Les mères, jamais accompagnées d'hommes, y emmenaient les bambins qui tournaient autour des multiples poussettes. Après avoir osé quelques échanges, Jan comprit que ses démarches en français comme en anglais, étaient non seulement inutiles, mais malvenues. On lui tournait le dos ou on s'écartait de lui. Et personne, personne pour lui expliquer ce *landau land* où on marchait têtes inclinées. Charles et Rafaëlle, apathiques aux questionnements de Jan, répétaient l'explication populaire : ils sont venus après la guerre sont encore terrorisés par la souffrance de leurs grands-parents engrossent leurs femmes pour multiplier les fidèles craignent les mariages mixtes ne veulent rien savoir de nous ont posé dans notre ville un fil blanc pour délimiter leur territoire faut les surveiller pour ne pas que leurs synagogues traversent de notre bord et puis c'est tout.

Les jeudis soirs, Charles et Jan avaient l'habitude de passer une soirée à l'Olimpico, café situé à quelques mètres de la Boutique. Au deuxième rendez-vous du mois de novembre, Jan était en retard. Il avait découvert un colis sur son paillasson, puis avait décidé d'aller l'ouvrir près de la voie ferrée qui traverse l'île. Ballot sous le bras, il avait franchi l'avenue du Parc, flâné dans le quartier des tourelles et arbres colossaux, cheminé vers le nord, puis s'était installé sur un cube de ciment qui faisait face au passage des trains chargés de blé. Mitaines posées sous ses fesses, visage caché dans son col de laine, il avait décacheté l'enveloppe du paquet, retiré la lettre :

Krakòw, dnia 11 listopada.

Moj kochany moj drogi,

Déjà novembre, que le temps passe vite. Te voilà parti depuis cinq mois. J'espère que tu vas bien et que tu es confortablement installé dans le quartier dont tu me vantes les beautés. Je t'envoie la musique préférée de mamy, Le concert du nouvel an autrichien, afin que tu te mettes doucement dans l'ambiance de notre prochain réveillon, qui arrive bien vite ; aussi puisque l'écouter seul me rend triste à présent. Chez nous c'est le train-train quotidien, c'est la mauvaise saison, beau-

coup de pluie ce qui ne ménage pas ma santé. Je suis
pris avec une angine aiguë depuis huit jours mais cela
va s'arranger, l'essentiel c'est d'avoir du moral. Piotra
vient me rendre visite toutes les semaines et s'occupe
très bien de moi. Noël est dans 54 jours. Es-tu allé ache-
ter ton billet?

Je vais terminer ma petite lettre en t'embrassant très
fort. Porte-toi bien et reviens vite. À bientôt j'espère.
Dziadziu.

Jan replia les mots du grand-père. Déballa doigts
gelés le disque de l'Orchestre du Wiener Philharmoniker,
puis rêvassa. Tous les premiers de l'an, c'était tradition
chez eux d'assister au concert du nouvel an diffusé à
partir de midi. Lorsqu'on entendait *Le beau Danube
bleu*, mamy sortait les restes du festin de la veille qui
se laissait déguster pendant des heures. Attablés près
du téléviseur, Jan et son frère Salvaj avaient appris au
fil des ans à distinguer les polkas rapides, polkas mazur,
polkas françaises et valses. Gênés et heureux, il arrivait
que les enfants épient papy et mamy qui dansaient,
chaussés de patinettes à cirer les parquets. Jan relut la
lettre du *dziadziu*, remit ses mitaines, serra le CD et la
lettre dans le colis, puis il regarda longtemps, longtemps les rails droits, interminables, qui rappelaient
ceux de sa terre natale.

— On ne le savait pas, avait répété papy pendant
toute sa vie, un poing sur un genou, l'autre à plat sur
la table, on ne le savait pas que les trains qui traversaient les champs de pommes de terre se rendaient
aux camps de la mort.

Lorsque Jan consulta sa montre, c'était bientôt
l'heure de la prière, et à quelques rues de la voie ferrée,

plusieurs hommes, accompagnés d'adolescents cha-
peautés, se déplaçaient en petits groupes. Dans les
salons doubles, les lustres en cristal étaient allumés et
les rideaux épais, tirés depuis que les époux avaient
quitté leur foyer. En passant devant une boulangerie
kascher rue Bernard, Jan voulu sonder l'intérieur mais
recula aussitôt. Calotte ronde posée sur le dessus du
crâne, longues mèches sur les tempes, franges noires
et blanches qui dépassaient du tablier, le boulanger,
collé à la vitrine, nettoyait avec des gestes empressés
les paniers d'osier. Jan changea de trottoir, passa Parc,
et retrouva Saint-Viateur.

11

Les premiers flocons de la saison voltigeaient sans jamais atteindre le sol. Près du radiateur, j'aimais laisser mes cuisses se réchauffer sous le lainage de ma jupe. Les enfants avaient insisté : nous devions consacrer les vendredis aux arts plastiques, parce que madame, le vendredi c'est presque *Shabbes*, et il faut être *happy*. Ainsi, déjà à la fin novembre, nous n'avions plus d'horaire fixe, passions parfois des après-midi à écrire des contes, ou à en lire, à fractionner des pizzas en papier, ou bien nous découvrions la géographie pendant deux jours consécutifs. Lorsque les filles semblaient distraites, nous faisions des balades dans le quartier, jouions à des jeux de mémoire, tenions des statistiques en comptant les arbres ou alors, merveille, elles me racontaient des événements familiaux, qu'elles appelaient «des secrets de juifs». Influencée par le roman *La nouvelle maîtresse*, que nous venions d'entamer, il me semblait cent fois plus pertinent de m'ajuster au rythme et aux envies de mes élèves que d'imposer un programme scolaire strict. Aussi, jour après jour, j'apprenais à identifier leurs envies, et à improviser des leçons.

Ce vendredi-là, les filles avaient ramené des objets recyclés afin de construire des maisons identiques aux leurs. Nous avions poussé les pupitres le long des murs, et elles s'étaient installées sur le plancher, afin de comparer les grosseurs des boîtes en carton qui serviraient de charpentes.

— On peut manger sa collation? demanda Blimy.

— Moi, intervint Yitty, j'aime pas des pommes parce que ça va dans mes dents. Mais, continua-t-elle en sortant son fruit de son sac, je vais manger ma banane, et tu sais quoi, madame? Quand j'étais petite, j'ai une fois mangé avec la couverture!

L'enfant rigola en battant des cils.

Les filles agençaient plusieurs boîtes qui formaient des maisons à deux ou trois étages. À l'aide de retailles, elles formaient des cloisons qui délimitaient les pièces. Les *magic guns*, fusils remplis de colle chauffante, assemblaient les étages et les murs. Couvertes de sacs-poubelle, elles dévissaient les pots de peinture, car il fallait peindre les murs qui ne sont pas bruns, madame. Circulant entre les chantiers de construction, j'aidais les petites mains qui créaient déjà des dégâts à œuvrer dans les miniatures. Les biscuits, les chips, les jus se mêlaient à la colle, à la peinture et bientôt aux cheveux. Lorsque les cloisons furent peintes et les pièces bien définies, les élèves sortirent des bouts de tuiles et de tapis, pour couvrir les sols des demeures. «Ici, madame, ça va être le *living-room*. Là, la cuisine. Regarde quoi j'ai!» Et Blimy me montra un carré de tuile rose et beige, pareil, précisa-t-elle, au plancher de chez elle. Couchée à plat ventre, Yitty découpait des rectangles de tapis blanc pour les coller dans les chambres. Attirée, la tignasse de feu s'approcha et en quémanda timidement quelques centimètres, ce que Yitty refusa, *because it's mine*. Libby replaça ses lunettes aux cadres verts avec l'index, se rapprocha de moi et m'implora d'aller aux *washrooms*.

Lorsque Malky Kohn arriva du secrétariat, elle s'arrêta dans le cadre de la porte et fit exploser sa nouvelle : « Ma sœur a juste eu un bébé garçon ! » Ses consœurs applaudirent et chantèrent quelques notes avant que Nechama les ramène à l'ordre en venant éteindre les lumières d'un coup sec.

— Comment s'appelle le bébé ? risquai-je, quelques instants plus tard, alors que toutes s'étaient remises à travailler.

— On ne sait pas, il faut attendre shabbat, me répondit Malky avec une voix douce. À la synagogue le grand rabbin va dire le nom et on va savoir. Je vais te dire lundi, me dit-elle avant de coller un carré de vinyle imitation bois dans une des pièces.

J'avais remarqué les grossesses chez plusieurs enseignantes du matin. Sous les longues vestes à fermeture éclair qu'elles portaient depuis le lendemain de leurs noces, les ventres devenaient, au fil des mois, proéminents. Puis sans nous prévenir, elles s'absentaient deux mois tout au plus, avant de revenir enseigner sans jamais nous annoncer, aux professeures d'après-midi, la fameuse nouvelle. Pour éviter d'expliquer la conception, les mères ne discutaient pas de ce ventre qui se met à grossir pratiquement tous les ans. Ainsi, mes élèves ne me parlaient jamais de maman qui est enceinte, mais du bébé qui est né. La sexualité, la reproduction, la grossesse, l'accouchement demeuraient parmi les plus grands tabous avant l'année du mariage, où, tout à coup, le rabbin et sa femme dévoilaient le mystère aux fiancés, la *kale* et le *khosn*. Dans les albums illustrés, je devais censurer les lits doubles et même papa ours qui dort à côté de maman ours. Un lit, une personne, m'avait-on informé. Les naissances, comme les fiançailles, étaient donc des nouvelles colossales. À chaque fois.

Je m'accroupis près de Malky. En l'aidant à recoller le mur qui sépare le salon de la cuisine, je m'informai :

— C'est le premier enfant de ta sœur ?

— Oui, et tu sais quoi on fait quand c'est un bébé garçon ? commença-t-elle.

— Attends ! prévint une douze ans, postée derrière nous. Il faut demander à la secrétaire Rifky si on peut dire.

— Vas-y Perle, fis-je.

L'enfant revint quelques instants plus tard, et alors Malky put raconter, sous certaines conditions évidemment.

— Quand c'est un premier bébé garçon, on achète très beaucoup de gâteaux et on réserve une salle gigantique.

— Gigantesque… la corrigeai-je.

— Gi-gan-tes-que. Quand le bébé a trente et un jours, on l'apporte dans la salle et on dit pour lui : «Tu es juif», et peut-être il comprend, mais si il ne peut pas bien voir ou pas bien entendre, c'est rien. Après, les filles ramassent les bijoux des invités et on va donner au papa du bébé, qui porte un habit *very nice*. Tous les bijoux il va mettre sur son bébé. Et les enfants reçoivent un sac de surprises avec très beaucoup de bonbons. C'est la fête qui s'appelle Pidion Haben. Blimy s'arrêta et alla emprunter un *magic gun*. Supposant le témoignage achevé, je m'éloignai, et je vis madame

Leblanc entrer dans la classe. La main posée sur la hanche, elle lança : « Tu les laisses parler en yiddish ? » Les flocons tombaient dru à présent. L'hiver progressait sans aucun vent. Alors que Gittel et Blimy coupaient encore des bâtonnets, les autres terminaient les escaliers en pliant des feuilles façon accordéon et s'apprêtaient à commencer la confection de meubles et de décorations. Lorsque je passai devant Yitty, qui fabriquait un balai à l'aide d'une paille et de fils de laine, elle me demanda sérieusement :

— Madame, ton papa fait le balai comme dans le livre de Margot ?

— Oui, pour aider ma maman, mentis-je.

Elle parut surprise et pouffa de rire. On répéta ma réponse dans toute la classe et ce fut la meilleure plaisanterie du vendredi. Je demeurais pour elles un personnage extrêmement intrigant, une jeune femme qui porte des jupes au-dessous du genou et des chemises à cols fermés durant les heures de classe, mais qui n'est pas juive, parce que ton papa passe le balai et aussi puisqu'un jour, oui, madame, on t'a vue en bicyclette et tu portais même des pantalons ! Les élèves, précisément le clan des onze ans, étaient avides d'information, souhaitaient tout découvrir sur cette vie que j'avais lorsque je quittais l'école. Parfois, j'osais m'asseoir au pupitre d'une absente, j'étais alors près d'elles, près de cette enfance singulière, nous parlions ensemble calmement, pour ne pas les effrayer je disais très peu de choses vraies, et parfois, ce peu de choses vraies les effrayaient quand même. Au cours de l'année, je fis mon possible pour ne pas brouiller l'image qu'elles se faisaient de moi et qui les rassurait, une identité qui leur plaisait et qu'elles alimentaient après chaque discussion. Selon leurs déductions, j'habitais avec maman papa dans une grande maison, ma famille et moi devions être riches puisque je recevais des chèques deux fois par mois dans une enveloppe qui glissait sur mon bureau. Je vivais sûrement dans le quartier car, oui, madame, hier on t'a aperçue sur le trottoir devant le *house* de Yehudis.

Pendant deux heures, mes artistes travaillèrent minutieusement. Sur les murs des salles à manger, elles appliquèrent du papier peint à motifs variés, puis accrochèrent des visages de rabbins collés dans des bouchons de bouteilles Pepsi Cola kascher. Les chandeliers à sept branches furent fabriqués avec de l'aluminium, puis posés sous des lustres en microperles, suspendus aux plafonds. Elles avaient apporté des meubles de poupées : lits, appareils ménagers, bibliothèques, tables et sofas, et elles les disposaient dans chacune des pièces en gloussant. Quelques-unes en étaient déjà à la coupe de tissus pour tailler les nappes de semaine et celles du shabbat, les draps et tapis ovales. Quand la cloche de la récréation sonna, personne ne sortit de l'usine mais Hadassa y entra. Or, au lieu d'aller faire la moue dans un coin, elle vint vers moi et ouvrit très grand la bouche pour exhiber son nouvel appareil, qu'elle décrocha avec peine afin de le retirer et de le montrer à toute la classe. Plusieurs enfants se rapprochèrent du bureau, et Hadassa nous expliqua, l'appareil au creux de la paume, comment le dentiste avait fait, que ça ne faisait pas mal du tout, que c'était *very expensive*, qu'il faut le ranger dans cette *cute box* quand on veut manger (elle la sortit d'un sac de plastique), et puis elle le remit à l'aide de ses deux mains, avant d'inspirer un grand coup tout en faisant rouler la bave dans sa bouche de ferraille et de plastique, un bruit insistant, perlé, qui impressionna beaucoup. La petite, qui avait peu d'amies jusqu'à ce jour, reçut à partir de ce vendredi-là et pour les quelques semaines à venir, le respect d'une princesse. Une princesse qui joue avec des poupées mais qui a des *braces*! *You are so lucky Dassy!* soupirèrent Yitty et les jumelles. Lorsque les filles quittèrent le bureau, Yitty requit l'aide de Hadassa pour couper la dentelle et poser les rideaux. Honorée, Hadassa courut saisir ses ciseaux mauve raisin et se mit à la tâche avec enthousiasme.

— Tu sais que mon frère va être *Bar Mitzva* demain, en même temps que shabbat? me demanda Malky, qui devenait de moins en moins timide.

Ignorant ce que *Bar Mitzva* signifiait, je l'encourageai à m'expliquer, ce qu'elle fit après être allée fermer la porte et avoir jeté un coup d'œil aux douze ans, qui discutaient au fond de la classe.

— Les garçons deviennent *Bar Mitzva* quand ils fêtent treize ans et les filles quand on devient douze. Pour le jour de la fête, les garçons mettent pour la première fois le chapeau comme les papas, et aussi le manteau très long et joli. À la synagogue, ils lisent le *Sefer Torah* comme tous les adultes et ils promettent de suivre tous les lois. Après l'école, je vais rester avec maman pour préparer les surprises du *kidoush* de demain et aussi beaucoup de nourriture. On va faire une très grosse fête pour mon frère Benyamin, et il va être très content. Moi je suis très *proud* de lui parce qu'il a très beaucoup étudié et dans une nuit il va être *Bar Mitzva*. On a acheté pour lui des *soft drinks* et on a fait trois gâteaux très bons. Toi, madame, tu aimes les *soft drinks*? Yitty, qui faisait une pause, se joignit à nous et s'emballa pour le sujet de notre conversation. «Les secrets des juifs» se poursuivirent à voix basses et débits rapides. Lorsque Malky s'arrêtait un moment pour reprendre son souffle, c'était sa cousine qui continuait à me confier qu'à treize ans, les garçons portaient les phylactères chaque matin pour la prière et qu'ils ne joueraient définitivement plus avec les filles même pas les cousines et les sœurs.

— C'est bien d'être *Bar Mitzva*? demandai-je en posant une nappe sur une table en pâte à modeler.

— *Bar Mitzva*, c'est pour les garçons. *BAT Mitzva*, c'est pour nous, affirma Yitty, onze ans et quatre mois. Quand une fille devient *Bat Mitzva*, il n'y a pas de fête spéciale, mais il y a très beaucoup de règles, très beaucoup de choses qu'on peut pas faire. Quand on *get* douze ans, on doit arrêter de jouer à la poupée, aux cartes et de se promener en bicyclette. On peut même pas mettre les pantalons de neige. Il faut toujours aider maman avec les bébés, laver les vêtements, et préparer tous les choses du shabbat. Et travailler pour Pessah, toi tu connais la fête d'avril? C'est très très très beaucoup de ménage.

Hadassa, qui avait terminé les rideaux et cherchait Yitty, nous trouva et se colla sur nous. Sa cuisse touchait à la mienne, et elle ne la dégagea pas. À trois, elles continuèrent une quinzaine de minutes mais nous fûmes malheureusement interrompues par Rifky, qui entra et s'adressa aux élèves. L'instant suivant, les filles rangèrent rapidement, déposèrent sur le rebord des fenêtres leurs créations et des dizaines de sacs en plastique remplis de matériel. Lorsque seize heures vingt retentirent, Libby trébucha sur un bâton de colle et s'affaissa sur un genou. Elle rougit, replaça ses lunettes, puis déguerpit.

Plus tard, j'entrai dans la solitude de mon appartement rue Fullum. Je m'étendis sur mon lit, épuisée, ne retirant ni ma jupe verte, ni mon col roulé. J'avais envie de téléphoner à ma mère, mais ne me levais pas. J'entendais la voisine discuter avec son époux et bientôt leur téléviseur s'alluma. Je me roulai sous la couette, me repliai sur moi-même et mis mes mains sur mes oreilles. *Bat Mitzva*. Douze ans. Nechama Frank, Perle Monheit, Yehudis Farkas, Simi Richman, Sury Ickowitz, Ester Kruger, Chany Shuwaks. Le clan du fond. Le clan des réservées. Des règlements. *Bat Mitzva*, la fête où on devient grande en un jour. *Bat Mitzva*, on aide maman toujours et on ne touche plus aux poupées. Les lois de la cuisine, l'interdiction du porc, du sang des bêtes dans la préparation des mets. Séparer les produits lactés des carnés, distinguer leurs ustensiles, il y a deux services de vaisselle, de couverts, de casseroles, l'un pour le lait, l'autre pour la viande. Quand on a douze ans, il faut tout apprendre. Sans cesse veiller à ce que les viandes et les laitages n'entrent en contact ni ne soient rangés au même endroit ni cuits en même temps ni mangés au cours du même repas. Être une bonne cuisinière, connaître l'emplacement de chaque chose de la maison. Apprendre à se tenir près de l'homme lors du *kidoush*, prière des soirs de shabbat, se tenir prête à passer la coupe de vin, la miche de pain, le couteau, la serviette brodée, le sel, apprendre à assister son père comme elles assisteront leur mari. Prendre soin des enfants, des grandes peines et des amusements et les couvrir contre le froid. À partir de douze ans, on devient des *kale moyd*, des filles à marier, et on doit se comporter en femme, il faut être jolie toujours, le mariage va venir, le *shadchen* cherche un mari pour nous, on porte peu à peu des bijoux en argent, mais les perles et le parfum, c'est pour après seize ans. Il y a trois *mitzvot* principales pour être une bonne fille juive : prélever la *khale*, le pain du shabbat, allumer les bougies le vendredi soir pour accueillir la reine du shabbat, et garder la maison kascher. Ce n'est pas une fête comme pour les garçons. Quand une fille devient *Bat Mitzva*, c'est la fin de l'école primaire, le début d'une longue préparation au mariage, et surtout, surtout, la séparation définitive avec les non-juifs. Plus de longues discussions avec eux. En dehors comme à l'intérieur de l'école.

12

Ça ne sentait pas le bonheur des baguettes beurre confiture plongées dans le café, ni des étreintes de mamy au chèvrefeuille. Genou posé sur le chambranle maintes fois repeint d'une fenêtre à quatre carreaux, ça sentait un autre bonheur, celui de la première tempête de neige. La ruelle Groll, trésor intime du Mile End, succombait à l'hiver depuis plusieurs heures. Les bacs à plantes ressemblaient à de gros gâteaux blancs. Des amas de neige se greffaient aux poteaux électriques et au mur de pierres du triplex voisin. Le ciel paraissait éventré, et il déversait des flocons énormes. Jan saisit des pantalons jonchés sur un fauteuil, passa un pull en laine, se défroissa le visage, puis ramassa son porte-monnaie sur le plancher, lequel lui fit penser à la veille, aux billets glissés à coups d'espoir et fous rires sur le tapis vert du Black Jack. L'immigrant se leva, éteignit le radio-réveil qui venait de sonner, allait quitter la chambre quand il entendit monter de la ruelle des plaintes confuses. Au trio ambulant, Jan reconnut la cliente régulière, madame Lièvre, qui de peine et misère enjambait la nouvelle neige, pliée contre la bourrasque, suivie des jumeaux qui zigzaguaient en perdant leur temps. «Maman va être en retard pour l'ouverture du *pet shop*, se plaignait-elle. ALLEZ PLUS VITE!» Le trio disparut. Voix dissoutes. Ciel blanc. Intense comme une longue solitude ou un jour J.

Fin novembre, et en une nuit, l'hiver avait pris de l'avance. Les rues de l'île, étroites et souvent à sens unique, étaient bordées de bancs de neige. Les gens qui garaient leurs voitures à l'oblique des trottoirs tout à coup osaient s'aborder en faisant des prédictions contradictoires: on va avoir un hiver court, et un été pluvieux. Un hiver très long, et un printemps froid. Première et dernière tempête, c'est le réchauffement de la planète. Bientôt, dans les rues commerçantes, les cols bleus de la ville accrocheraient aux lampadaires des petits sapins et les couvriraient de lumières tandis que des chœurs tendraient chapeaux. Jan entra dans la Boutique où *Le beau Danube bleu* faisait concert. Fébrile, il passa ses doigts dans ses cheveux.

— Salut l'Europe! lâcha Charles, qui vint lui serrer la main, la lui tordre, la lui arracher.

Col pistache et cheveux encore mouillés, *winner* du Black Jack, Charles rayonnait. Il agrippa Jan par les épaules, le tourna vers la vitrine, s'exalta:

— Regarde ça, mon homme, si c'est pas beau! Puis il tournicota chantonnant *Mon pays ce n'est pas un pays… c'est l'hiver! Mon jardin…*

Appuyé sur le comptoir, Jan s'émut, puis il partit saisir un tablier dans l'arrière-boutique, où il trouva une table encombrée de décorations rouges et vertes, des nœuds, des boules, des guirlandes de toutes sortes.

Il fallait emplir l'étalage de panais, de paniers d'oignons, faire une commande chez monsieur Lauzon. Les épiciers accomplirent les tâches tout en jasant des activités d'hiver. Ski, patin, glissade, camping, randonnées, pêche sur glace.

— À dix-neuf heures, proposa Charles, yeux ronds comme des prunes, on ira explorer la montagne. Jan lui tapa dans la main et sortit déblayer le trottoir.

— Ça va? cria Nina qui s'affairait à la même tâche. La chenille va être retardée, avec toute la neige qu'elle a à ramasser! Jan forma une boule, la porta à sa bouche, dit que ça goûtait la poussière, et la fleuriste, charmée, rit outrageusement. Capuchon rabattu et dos cassé, Jan apprivoisa ensuite la besogne, soulevant, raclant, déportant des masses de gauche à droite. Un quart d'heure plus tard, son collègue vint l'encourager à coups de moqueries, et les deux hommes se jetèrent dans le banc de neige en se battant comme des gamins.

— C'est ouvert? demanda un client qui hésitait à entrer.

Charles dut lâcher sa prise et le suivre dans la Boutique. Jan trouva ses gants, les secoua, les enfila, puis reprit son travail, déplaçant des mottes épaisses de blanc. Gauche, droite, gauche, droite, corps échauffé par l'effort. La tempête s'était calmée, et le vent. Cou, dos, reins transpirants, Jan renversa la tête vers le ciel. Perdit la notion du temps. Il soufflait, les yeux fermés. Au son des clochettes, il bondit. C'était elle qui entrait, *skirt covering at least six inches below the knee, and on the counter, avoiding looking to secular magazine or newspaper.*

Il a reconnu le profil, sa finesse, sa longueur. Il hausse le menton pour l'observer à l'intérieur de la Boutique. La femme essuie ses bottes, dépasse l'étalage de poires, s'engage dans la première allée, disparaît.

L'épicier se demande si elle l'a vu, reconnu, regardé. Charles, derrière la caisse, se penche vers Jan, le salue de la main, souriant comme un bouffon. Dehors, il avale sa salive, et ça résonne dans ses oreilles. Abaisse le capuchon parce que brins de neige qui recommencent, frotte un œil, serre le manche de pelle. Cherche. Fronce sourcils. Charles quitte la caisse, pénètre la seconde allée, s'éclipse derrière une plante araignée. Rideau de neige tout à coup. Son pouls s'accélère, membres ligotés. Jan ne voit rien. Ni Charles, ni elle. Le grand blond attend, le cœur à l'étroit. Vitrine inondée. Jan fait un pas. Un mètre. Revient, avale encore et ça résonne encore. Il n'ose pas entrer. Ses doigts se contractent dans ses gants humides, le trottoir qui longe l'entrée est déjà voilé d'une mince pellicule… puis ils apparaissent, tous les deux à la caisse, et rapidement la femme se tourne vers l'entrée, avance sur le tapis rouge, étire le bras, oui, elle tire la porte embuée, les clochettes sonnent, et ils sont pour une seconde fois dans l'histoire, face à face, yeux sur lui yeux sur elle. Visage sur visage. La porte se referme derrière elle, elle va descendre, à deux mains serre le sac contre son ventre, baisse le regard, son talon droit touche à la rue, elle va poser le gauche, tourner son corps vers l'ouest, son profil et son bonnet tout de suite après…

— Bonjour.

La voix de l'homme paralyse la scène tout entière. Cœurs en arrêt. Paysage bleu et blanc. Vrai silence. Fines bottes noires à mi-mollet, jupe étroite au-dessous du genou, manteau large à épaulettes, écharpe gris perle piquée d'un bijou, regard fixe. Lui, trois-quart en laine, cou nu, bouche lippue, large front et racines des cheveux tapissées de neige, regard fixe. Puis le bonjour se dissout, la jeune femme emboîte le pas et ses achats battent contre sa hanche. Le film reprend. On entend la chenille qui vient avec son chahut urbain, la pelle de Nina qui gratte. Il y a des enfants qui courent. Il y a des madames qui parlent à des chiens. Il y a des artistes qui jettent des mégots dans des poubelles. Il y a deux veuves qui viennent d'entrer chez la fleuriste. Dans la librairie, un manteau rose taille princesse cherche son agenda perdu. Charles s'affaire dans la seconde allée.

Et Jan entre brusquement dans la Boutique.

— Tu l'as servie? demande-t-il à Charles qui est en train de ranger les oranges et les citrons abandonnés dans un panier.

— Qui ça?

— Arrête, Charles, tu sais qui… reprend Jan, sur un ton impatient.

— La femme qui est venue?

— Oui, la femme qui est venue!

— Qu'est-ce que tu veux savoir, Jan? risque le gérant surpris.

— Ben… euh, je sais pas, qu'est-ce qu'elle a acheté? insiste le Polonais.

— Des pêches, cinq dollars de pêches des États. T'es fou? Qu'est-ce que tu as?

— Rien d'autre?

— Non, mais elle a foutu le bordel en changeant d'idée trois fois!

— C'est tout?

— Voyons, Jan, t'as pas un œil sur une femme comme elle quand même!?

— Elle t'a parlé?

— Non. Écoute, Jan, continue Charles, à bout, ces femmes-là, elles ne nous parlent pas, tu sais qui elles sont ?

Jan s'assoit sur le tabouret et appuie son coude sur une revue.

— Tu connais rien, Jan, rien sur elles, rien sur la communauté.

Charles se dirige vers les oranges qu'il replace. Puis sa voix se radoucit.

— Ces femmes-là ne s'intéressent pas à nous, pas plus à toi, c'est un univers fermé, tu ne pourras jamais avoir de contact avec elle. Ces juifs-là restent entre eux, ils se marient entre eux, ils veulent garder les traditions, ils gardent leur nom, leur argent, les femmes restent à la maison et élèvent une dizaine d'enfants, les hommes étudient et travaillent. Avant vingt ans, les filles sont mariées, avec des juifs, et puis c'est tout, il n'y a pas d'exception, il n'y a pas de mélange. Tu comprends-tu ?

Jan l'écoute, très attentivement.

— Tu as vu qu'elle porte une perruque ? continue-t-il.

Une perruque ? Jan avait remarqué que les femmes comme elle en portaient, c'était visible, le cheveu était immobile et la raie sur la tête d'une couleur souvent différente de celle du visage. Très souvent des bandeaux, des bonnets, parfois des petits chapeaux. Mais elle, non, il n'avait pas remarqué, seulement ses yeux bleus, et son visage parfaitement clair.

— Et alors ?

— Et bien ça veut dire que le lendemain de sa noce, on lui a rasé la tête, et elle a reçu une belle perruque qu'elle va porter toute sa vie. Elle est M-A-R-I-É-E mon gars! Ces gens-là divorcent pas.

Jan s'était tu, terrassé par la rencontre, mais plus encore par les propos du gérant. Triant les pommes, son ami l'épia du coin de l'œil, soucieux. À dix-neuf heures dix, les deux hommes ne reparlèrent pas de l'exploration de la montagne, et ils se quittèrent au coin de la rue. Les jours suivants, Jan fut irritable, ne répondit pas aux appels téléphoniques d'outre-mer, discuta peu avec Charles, se ferma aux clients, travailla de longues heures, pianota des nuits entières.

13

CHARGÉE DE LIVRES empruntés à la bibliothèque publique, mon sac s'alourdissait à chacune de mes foulées sur les grains de sel. Il y avait les titres disponibles à toutes, censurés et rangés dans la bibliothèque du rez-de-chaussée. Et il y avait les nôtres, gardés dans un coffre à trésor dissimulé dans l'armoire des dictionnaires. Leur appétit croissant, je ramenais chaque semaine un nouveau lot d'albums, bandes dessinées et courts romans. Bien sûr, je ne les censurais pas, bien sûr, il y avait des mots, des images qu'on ne peut pas voir, tels les clochers d'église, les baisers des amoureux, les jambes nues et pêche de Martine, mais une seule remarque, un seul geste réprobateur, et j'aurais retiré immédiatement le nouveau bouquin de la boîte aux trésors. Or, ni les onze, ni les douze ans ne s'opposèrent à ces lectures clandestines, et on ne supprima aucun livre jusqu'à la fin juin.

Quittant Saint-Laurent, j'empruntai Saint-Viateur, l'avenue du Parc, puis direction nord sur la rue Hutchison. En ce jour de soleil sur fond de neige, mon souffle formait des vapeurs blanches. Malgré le gel qui perçait mon foulard, j'aimais me balader dans leur quartier, deviner leurs jardins, soupçonner leurs mères derrière les landaus. Je notais la régularité des *mezouzot* en bois ou en plastique affichés à la droite de chacune des portes d'entrée. Je pensais à la petite Yitty et sa jasette incessante, aux jumelles qui camouflaient dans leurs pupitres la série des *Benjamin*, aux *Bat Mitzva*, qui un jour semblaient me manifester de l'intérêt, un autre me mépriser. Et Hadassa Horowitz, Dassy. Je rêvais surtout à elle. Ses heures de moue immobile pour plaider malade. Ses silences d'autiste. Ses grands bonheurs, sa fragilité, sa paresse. Aussi, plus les semaines passaient, plus les «secrets des juifs» grignotaient ma tête. Les heures auprès d'elles me semblaient courtes, et en soirée, je corrigeais avec avidité les compositions qui m'offraient les miettes d'une réalité unique et énigmatique. Il m'arriva même à quelques reprises de faire des photocopies de certains textes et dessins et de les classer soigneusement. Naïve, j'aspirais à être un jour leur invitée du shabbat. Être conviée une fois, une seule fois. Découvrir dans la cuisine les deux réfrigérateurs, les livres saints dans la bibliothèque vitrée en acajou, la béatitude du jour sacré, les repas tièdes, la brillance des tissus. J'imaginais suivre leurs petites mules de pièce en pièce. Pénétrer dans leur chambre, jouer à la poupée, inventer des histoires qui auraient ressemblé à celles du quartier, le bébé s'appellerait Chavi, quel joli nom. Nous nous coucherions sur le ventre, on manipulerait les poupées avec les deux mains. Vous m'apprendriez le yiddish, bonjour c'est *a gitten*, *It's very easy*, toc toc toc, c'est la maman de Nechama qui entre, qui me voit, qui hurle horrifiée, qui me sort de là en criant: «Une *goya!*» Rue Bernard. Les livres pesaient une tonne. Mon dos était humide et mon souffle toujours vaporeux.

Sur le fragile tapis de neige, cinq cents filles en manteaux longs bravaient l'hiver, s'amusant, courant, hur-
lant dans tous les sens, infatigables. Dans les mitaines,
des pains aux raisins, des croissants au chocolat, et des
croustilles. Je ralentis le pas sur la rue Dollar ; discernai,
au cœur des bottillons sautant à l'élastique, le souffre-
douleur et la muette, Libby et Traney, nez rouges frigo-
rifiés, qui comptaient les sauts des joueuses. Gittel et
Blimy, dodues étincelantes, longeaient le treillis, papo-
tant bras dessus, bras dessous et comparaient leurs
foulards azur et crème. Je m'arrêtai pour regarder.
Pressai mon visage contre le grillage glacé. À côté de la
porte d'entrée, je reconnus Hadassa, qui portait des
collants blancs et suçait une bague munie d'un diamant
énorme en sucre rose. Chaussée de souliers en cuir vernis, ses pieds touchaient le sol l'un après l'autre. Dans
peu de mois, m'avait-elle confié, on n'ira plus dans la
cour de récréation parce qu'au secondaire, on reste
dans la cafétéria au troisième étage, là où il y a les
machines à coudre et la cuisine… Moi, je *freeze* l'hiver.

Près du chêne, une enfant qui se mit à hurler fut
aussitôt entourée. Toutes inclinées sur le trou miniature du collant bleu, les coupes au carré observaient
la gouttelette de sang qui perlait sous les flocons. La
panique de l'accidentée se liquéfia sur ses joues et
dans ses fossettes, l'enfant cacha la maille, devint boi-
teuse et deux cousines la soutinrent jusqu'au bureau
de Rifky. Aussitôt le trio disparu, les jeux reprirent, la
chute fut oubliée, un deux trois c'est à toi, viens par ici
et saute-là. Deux onze ans s'amusaient, comme les
enfants du monde entier, au papa et à la maman.
Répugnant à jouer le rôle masculin (qui de toutes
manières n'était pas encouragé), elles supposaient le

papa et les frères en déplacement, soit en voyage à Brooklyn, soit sortis prier à la synagogue. Malky feignait de cuisiner, et Sara réprimandait un bébé imaginaire en élevant sa mitaine vers le ciel. Dans un an ou un peu plus, elles ne pourraient plus jouer autant.

Yitty, boucles jaunes farinées, se précipita vers moi.

— Madame! Moi et Chaya on est des *best friends* depuis ce matin. Tu demandes pas pourquoi?

Chaya Weber arriva, essoufflée et heureuse. Yitty approcha sa bouche du treillis, je lui tendis mon oreille:

— Parce que Chaya m'a dit un secret et moi aussi j'ai dit pour elle un secret. Tu veux savoir quoi est le secret? (Elle n'attendit pas ma réponse.) On a des tuteurs à la maison pour aider pour math, mais, madame, dis pas à personne, *OK*?

Attirées par notre grappe, d'autres élèves se rapprochèrent et je fus, comme souvent en période de récréation, harcelée de questions auxquelles je répondis le plus brièvement possible.

— Est-ce que toi tu habites près d'ici? Quoi tu fais le matin? Tu as des livres du *public library*? Comment s'appelle ton papa? Tes bottes sont nouveaux? Pourquoi tu ne coupes pas tes cheveux? Nous on a pas le droit d'avoir long comme ça.

Dans le couloir, la secrétaire Rifky me rappela que c'était jour des photographies. Effectivement, les filles étaient excitées comme s'il s'agissait d'une grande sortie. Toutes étaient debout et regroupées autour de certains pupitres, jacassant, s'exclamant, et se coiffant l'une l'autre. À peine m'introduis-je dans notre local, Hadassa s'avança vers moi, yeux inquiets et deux abcès purulents sur la lèvre inférieure.

— Je peux aller mettre ma crème spéciale? supplia-t-elle en retirant un tube blanc d'un sac transparent.

Yitty me talonna jusqu'à mon bureau afin de me confier qu'elle aimait très beaucoup les photos parce qu'elle pouvait envoyer des images à ses cousines de New York et que lorsqu'elle était petite, elle était très *cute* et son père prenait toujours des photos d'elle et un jour, madame, je vais apporter pour toi un album. Saisissant la liste des présences, la friande de bijoux m'intercepta:

— Madame, pourquoi tu n'as pas mis tes *earrings*?

— Boucles d'oreilles, Gittel. J'ai oublié, tu sais. Ce n'est pas si grave, ne t'en fais pas, dis-je doucement.

— Il faut que tu attaches ton dernier bouton! ajouta-t-elle encore.

Oui, tu as raison, ta maman préférera voir ta professeure boutonnée jusqu'au ras du cou. C'est mieux.

Hadassa réapparut ensuite avec une brosse à cheveux à la main, mais dès qu'elle eut traversé le cadre de porte, elle s'apitoya:

— Madame, mes cheveux sont *ugly*!

— Tu veux que je t'aide? lui proposai-je en m'approchant d'elle.

Mon élan la surprit, et il fit rire Blimy. Non, en aucun cas ç'aurait été possible. Les *goyim* ne peuvent pas toucher aux juifs, surtout pas avec les mains. C'est comme ça. On ne les touche ni ne les serre jamais contre soi puisqu'on ne connaît pas les jours d'impureté d'une femme. Hadassa retourna à sa place, ouvrit son pupitre et se toisa dans son petit miroir rangé près de l'étui à crayons. Tête baissée, elle brossa, et elle brossa, mais la broussaille resta la même, la même que tous les jours de l'année, une chevelure comme on en voit rarement chez les enfants, rebelle, incommode.

— C'est notre tour, mettez-vous en rang, clamai-je près du *mezouza*.

Les dix-neuf têtes me suivirent dans les couloirs puis dans les escaliers. Atteignant le troisième étage, les filles, exaltées, examinèrent les locaux tout en scrutant *les grandes* vêtues des uniformes du secondaire.

Sur les photographies que nous reçûmes trois mois plus tard, le panneau qui spécifiait l'établissement, la classe et l'année scolaire était posé sur les jambes de Hadassa, placée au centre. Cernée et sévère, la frimousse de l'enfant paraissait être affectée par un souci, peut-être la touffe emmêlée, peut-être les deux abcès qui luisaient sous la crème blanche. Sa chemise, repassée avec soin, montrait des plis qui longeaient ses bras courts. Sur son cœur, une rose rouge en tissu, offerte par sa tante la semaine précédente, avait été épinglée. Une fleur avec des gouttes d'eau qui ne s'évaporent jamais, une fleur qu'elle avait remise, après la séance, dans une boîte en suède. Et les collants blancs, portés les jours d'événements spéciaux et de shabbat, enfoncés dans des souliers vernis, mouillés, placés en V. À ses côtés, quelques onze ans avaient posé leurs mains sur leurs genoux rapprochés et Yitty avait le visage tourné vers moi. Sur les boutonnières des chemises des jumelles, des chaînes en argent avec un pendentif de diamant gros comme une noisette. Dans la rangée des moyennes, Malky, bouche ouverte, levait le bras vers Traney dont la moitié du visage était cachée par la tignasse de feu de Libby. Dressée près de Sarah, je croisais les mains l'une dans l'autre et souriais sans montrer les dents. Sur le fond d'un mur ciel, six coupes au carré alignaient des sourires égaux, impénétrables et dignes, qui fixaient parfaitement l'objectif.

14

« … *Que je marche dans Ta loi et que je sois fidèle à Tes commandements. Que je ne sois pas induite en péché ni en tentation ni en mépris. Que le mauvais désir ne me domine pas. Unis ma volonté à la Tienne, garde-moi des pécheurs et des mauvais compagnons…* »
Terrée dans les draps chiffonnés, une jeune femme au crâne rasé récitait, fixant les moulures ornées d'oves, le papier peint à fleurons, la causeuse damassée, le lit de son époux, parti prier à la synagogue. À l'aube, il n'avait osé l'éveiller, la jugeant si fébrile depuis les fêtes de Soukkot. Dans la chambre obscure, elle mit fin à la prière, allongea la main, la pivota, à son doigt observa le solitaire qu'elle avait reçu sous l'étoile brodée d'Israël. La femme caressa ses cheveux ras. Racine blonde aux reflets roux. Elle avait encore mal dormi. S'était réveillée en sueur et peignoir retiré.

L'œil inquiet, elle considéra longtemps le *shaytèl* châtain, posé sur une tête en styromousse. La veille, le perruquier l'avait nettoyé et lissé. Elle pouvait le couvrir d'un bandeau à motifs discrets, puis l'agencer au costume en velours bleu ardoise, récemment acheté pour le shabbat.

Elle hésita, se mordant les jointures puis suçant son diamant. Fouilla la scène de tous bords. Yeux clos, elle entra cent fois coin Waverly.

15

*P*ERFUMED *IN extreme moderation so that a person walking by will not notice it,* elle posa le pied sur le tapis rouge. Les hommes la dévisagèrent, puis le gérant se retira dans l'arrière-boutique.

À deux mètres du comptoir, tête légèrement inclinée, la femme balaya la neige amassée sur ses épaulettes, puis elle retira et superposa ses gants ardoisés à coutures bleues qu'elle conserva dans une main. Visage tourné vers la première allée, elle s'y engagea. Après, tout s'accéléra. Elle faisait des petits gestes brusques, effleurait plusieurs aliments passant d'un tréteau à l'autre. À un moment elle fit tomber une prune, l'ignora, se baissa au niveau des conserves, consulta les huiles, se redressa, pénétra dans la seconde allée, épaules hissées. Les yeux bleus rayés de vert reluquaient à droite, à gauche, cherchaient les clients, la foule pour se dissimuler. Elle ignorait l'heure, le temps passé dans son lit à se tordre. La femme fit ensuite quelques pas en direction de Jan, qui demeurait figé à la caisse, agrippa un panier, fit d'autres foulées dos tourné à l'épicier, s'arrêta devant les clémentines, les cueillit en louchant. Choisir autre chose. Retarder le moment où elle se rendrait à la caisse. Elle savait qu'il la regardait, elle était venue pour cela, elle avait piqué son costume en velours d'une broche en argent. Elle était entrée par besoin de son regard posé sur elle, pour ce bien et ce mal que ça lui causait. Lui, il contemplait son élégance inappréciable, encouragé par le mystère du col fermé, des bijoux qui miroitent et des cheveux qui viennent de l'Inde. Une perruque, lui avait dit Charles, c'était possible, c'était sans importance, la jeune femme devant lui était radieuse, radieuse et bouleversante. Voilà des choux. *Red cabbages*. Charles espionnait la scène avec un intérêt exacerbé. Né à quelques mètres de l'une des rues les plus achalandées de la ville, il avait passé son adolescence à travailler dans la Boutique de son père. Les femmes de l'ouest, toujours accompagnées d'enfants ou de consœurs, venaient se procurer, à l'occasion, des fruits et des légumes, seules denrées qui n'avaient pas à être kascher. Le contact était minimal, parfois déplaisant, sans courtoisie. J'achète, je ne te regarde pas, voici l'argent. Il en était certain, aucun métissage sous quelque forme que ce soit, n'était envisageable. Et pourtant… réfléchissait-il, hypnotisé par la scène.

Main crispée sur le chou, elle l'entendit qui se rapprochait. La femme demeura immobile comme une bête qui a peur et qui fait la morte. Jan se tint près d'elle, presque à la toucher.

— Je suis Jan Sulski.

Les mots sont inespérés, sans ambages. Elle sursaute, pousse un petit gémissement qu'elle ne réussit pas à rattraper, lorgne à gauche, derrière elle, évite la droite d'où lui vient la voix, elle ressent la proximité de l'homme sur toute la surface droite de son corps, ébouillanté. Elle lâche le *red cabbage*. Elle a envie de pleurer. Ses cils retiennent le sanglot au-dessus des clémentines. Elle a entendu, la voix baigne dans elle, elle résonne dans elle. Il lui a dit son nom, un nom qui vient de loin, comme le sien. Mais pourquoi reste-t-il là ? Comment agir, elle n'aurait pas dû entrer, elle mord sa lèvre inférieure, elle sent son chemisier qui tremble contre son plexus. Le long corps à côté d'elle la déstabilise, la magnétise. Presque tous les jours elle se défend de revenir, mais plus le temps passe, plus c'est impossible, insoutenable de ne pas marcher près de la Boutique, et en passant, de ne pas jeter un œil à l'intérieur, vérifier s'il est là, le mardi oui, le mercredi oui, tous les jours, sauf le samedi et le lundi, l'homme travaille, parfois elle le voit sourire, parfois elle le voit assis sur un tabouret, parfois elle le voit discuter avec des femmes, et parfois elle ne le trouve pas. Aujourd'hui il est beaucoup trop près d'elle, elle ne sait pas comment se soustraire au moment, les lattes sont dures comme du ciment sous la plante de ses pieds, bien sûr elle voulait le revoir, être revue par lui, être irradiée et ruinée par cet homme qui a osé s'approcher, elle n'aurait jamais pensé être aussi près et entendre sa voix à lui offerte à elle. Jan cherche à prononcer autre chose, il ne sait plus rien, il ne connaît plus le français ni le polonais ni l'anglais ni le yiddish, aucune langue pour elle. Il ignore comment on aborde une femme de l'ouest.

Le bandeau à motif discret se dérobe sous les yeux de Jan, l'épaulette du costume bleu ardoise frôle son tablier blanc, les bottes passent lattes et moquette, et la femme sort sans se retourner.

16

LA PÉRIODE RÉSERVÉE à la lecture libre s'achevant, une douze ans récupéra les livres et les signets artisanaux afin de les grouper dans notre coffre à trésor. Nechama et moi déroulâmes ensuite une nouvelle carte du monde, que j'avais fait plastifier, et nous la fixâmes au tableau.

— C'est nouveau, madame? questionna Gittel, toujours ravie de l'achat de nouveau matériel.

— Ohhhh… il y a beaucoup d'eau! lança Yitty, sourcils arqués.

J'enseignais le fleuve Saint-Laurent, l'Atlantique, le Pacifique, l'océan Indien, les continents et leur dérive, je montrais Montréal, la province, le pays, le détroit de Béring, le passage des Asiatiques devenus Amérindiens, les États-Unis, je pointais quelques pays et capitales bien connus, présentais l'équateur et expliquais l'axe de rotation de la terre avec des schémas au tableau. Je dus néanmoins interrompre l'exposé, déconcentrée par dix élèves qui maintenaient leurs torses étirés et leurs mains tendues: «Où est Israël, madame?» Je les invitai à se rapprocher, ce qu'elles firent en se poussant et s'insultant. La discorde apaisée, nous créâmes un croissant autour de la carte. Dans le silence, j'avançai lentement un doigt, lequel masqua un État jaune vif, entre mer Rouge et Méditerranée. Les douze ans établirent ensuite une structure qui permit à chacune de venir toucher à la terre promise, là où il y a le désert, les zoos très grands, madame, et le mur de Jérusalem qui brûle jamais même avec du feu.

— Israël est le pays de tous les juifs même ceux d'ici, débuta Yitty. Tu sais que si on fait quelque chose qu'on doit pas, on est juif, et on peut toujours aller en Israël. Même si on mange pas kascher, on est juive *inside*.

— Quand le Messie va venir, continua Nechama, tous les juifs vont déménager en Israël et le temple va être reconstruit en une seule minute. Juste les juifs vont être sauvés. Pas les autres. Tu sais ça ?

Comme souvent, je m'abstins. J'observai plutôt la ferveur avec laquelle les index tachetaient l'État tout en laissant monter le chant, l'écho d'une appartenance à la grande communauté, le *klal Isroel*, la Totalité d'Israël. Puis, tandis que certaines se décidaient à explorer la carte, d'autres retournèrent à leur place afin de saisir des minuscules drapeaux bleus et blancs qu'elles vinrent agiter, trop près de mon visage. En découvrant l'existence du pays de la Libye, Yitty hurla : « Libby, tu as un pays qui a ton nom ! Un pays d'Afrique !! » La tignasse de feu, qui jusqu'alors était restée assise, hésitante, approcha l'œil, puis l'instant suivant parut effrayée. Près de l'armoire, les petits drapeaux, qui associaient Africains à esclaves, se moquèrent à demi-voix.

— Ici c'est l'Amérique, repris-je. Il y a le nord, le sud, et entre les deux, vous trouverez le Mexique…

— Mexico? hurla Perle stupéfaite. C'est la maison de notre *cleaning lady*!

J'écourtai la théorie. Libby distribua des cartes du monde à colorier, à identifier, à coller sur un carton et à découper pour en faire des casse-têtes. À part Hadassa et Yitty qui ne remuèrent pas, les filles se ruèrent sur les cartes afin de chercher les pays des ancêtres juifs, et plus tard, *le pays des Arabes*. J'allai m'asseoir à mon bureau, fixai le marqueur de Hadassa qui avait entrepris de couvrir tous les océans de rayures bleues.

— Tu sais quoi madame? fit-elle en cessant de colorier.

Je m'approchai d'elle, pressentant «un secret de juifs».

— Tu sais, mon manteau bleu que je porte toujours? Il a été acheté en Europe. C'est ma tante qui l'a acheté pour moi pour ma fête de onze ans. Elle a payé très beaucoup la poste pour l'envoyer à moi. C'est très très *shtatzi*. Là-bas il y a des très grands magasins et les vêtements sont beaucoup plus jolis que ici.

L'enfant-fragile, l'enfant-princesse, l'enfant-broussaille feignit de grelotter comme une diva, retira son manteau du dossier de sa chaise et le posa sur ses épaules tout en me fixant. Le bleu du col rappela la teinte de son étoile frontale.

À seize heures, l'obscurité, précipitée par le solstice d'hiver, ruissela. Les cartes, découpées en morceaux, furent rangées dans les pupitres et les élèves sortirent des billes, des albums à colorier, et des toupies. Il restait trente minutes avant que ne commence le congé des fêtes de Noël, qui se mêlait aux fêtes de Hanoukka, la reconsécration du Temple. Dans les résidences de briques, Hanoukka se distinguait par des lampes de bronze ou d'argent aux huit mèches imbibées d'huile, en souvenir des huit jours où la flamme brûla dans le Temple sans qu'on puisse l'alimenter. La victoire de la lumière sur les ténèbres. Déambulant entre les groupes, je m'inclinai sur Yitty et Malky :

— Vous allez allumer la première bougie ce soir ?

— Comment tu sais, madame ? demanda Yitty surprise.

— Je m'informe dans les livres de la bibliothèque.

— Sur ça aussi tu lis ? On parle de nous dans les livres que tu prends ? s'étonna-t-elle.

Une douze ans passa derrière nous, ferma la porte puis revint.

— Mais tu sais, madame, fit Perle une main sur la hanche. Le père de Nechama sait très beaucoup plus que toi... Il y a plein de choses que tu peux pas savoir... parce que tu n'es pas juive...

— Madame ! coupa Tzirl, une enfant qui portait des lunettes plus grandes que son visage. Tu connais ça ? cria-t-elle, brandissant un jouet près des fenêtres. (J'allai vers elle, et Tzirl me présenta une toupie de bois à quatre faces.) Le vrai nom c'est *draïdle*. C'est pour Hanoukka. Toi, tu fêtes Hanoukka ?

— Non, nous avons une autre fête, répondis-je.

— *Chrisssst...* commença-t-elle.

— Dis rien ! interrompit Nechama.

Je circulai. Rangeai des dictionnaires dans l'armoire. Distribuai des crayons étiquetés.

— Madame ! m'appela Yitty. Viens voir : ici j'ai quatre toupies. Elle les sortit d'un sac en tissu, puis les aligna devant moi qui m'accroupis. Blimy, Gittel, Hadassa, Malky se joignirent à nous et les cônes multicolores se multiplièrent dans le cercle. Assise en tailleur, mains posées sur les genoux, je les regardais lancer, reprendre, échapper les jouets à quatre faces, sur lesquels étaient gravées les initiales de la phrase : « Un grand miracle s'est produit là-bas. » Sans me tendre de toupie, on m'expliquait comment la fouetter, comment la projeter afin de maximiser son équilibre, et je devais compter les secondes. Puis, un événement se produisit qui vint bousculer les dernières quinze minutes et les six mois à venir. Je sentis, dans le bas de mon dos, une main qui caressa, serra, flatta ma tresse de blé de haut en bas, lentement, avant de la lâcher. Je vis ensuite Hadassa, tout près, qui se leva, et trottina à son pupitre.

— Pourquoi toi tu n'as pas Hanoukka chez toi ? fit une voix douce.

J'étais secouée. La petite avait osé. Toucher à l'impure. À moi, une *goya*. Yitty insistait avec ses yeux jaunes. Je répliquai.

— Parce que c'est comme ça, Yitty. Tu sais que tu ne peux pas demander.

— Tu as un ménora au moins ? persista-t-elle.

J'aurais raconté la beauté des sapins que l'on dresse dans nos salons. L'éclat des lumières sur les emballages. Le traîneau du père Noël et les biscuits près de la cheminée. Mais le regard de Nechama était menaçant. Treize minutes. Je me levai, confuse, aimantée par la nuque fragile de sa cousine à qui je cherchai quelque chose à dire, n'importe quoi :

— Qu'est-ce que tu dessines, Hadassa ?

— Tu vois pas ?

Sa réponse fut précipitée. Je m'essayai à nouveau :

— Je vois… sept personnes.

— C'est *MA* famille, affirma-t-elle sur un ton glacé.

J'allais m'éloigner mais sa voix m'immobilisa :

— Madame, tu sais quoi?

— Non, Hadassa.

— Je suis très *excited*.

— C'est à cause des vacances, j'imagine.

— Oui, on a très beaucoup de vacances. Et aussi parce que demain je vais avoir un *haircut* avec des *headbands*.

— Des bandeaux, dis-je, fascinée.

— *Whatever*… Tu veux que je te montre au tableau?

L'imprévisible Hadassa déposa son feutre et courut au tableau vert. Elle saisit une craie, dessina tout d'abord un cercle pour la tête, puis des traits droits qui illustraient les cheveux.

— Tu vois, c'est court. Très très court. On va couper mes cheveux.

À gauche de la tête, elle dessina trois bandeaux. Précisa:

— Regarde, madame. Ma maman va acheter un bandeau bleu pour aller avec l'uniforme, un rose pour aller avec l'ensemble du shabbat, et un blanc pour Hanoukka.

Elle m'offrit un sourire, tendre et timide, regagna son pupitre, baissa la tête, se remit au dessin. Je me forçai. M'éloignai et me dirigeai vers Gittel et Blimy, qui complétaient des bricolages de Hanoukka composés de lettres en hébreu, et ménora en papier argent.

— C'est *nice*? demandèrent-elles.

— Oui, c'est magnifique. Ils sont tous les deux magnifiques.

— Tu sais quoi est la fête de Hanoukka? s'informa Gittel.

— Non, tu veux m'expliquer?

— Je vais te dire juste quoi on peut, mais…

Elle se rapprocha de mon oreille et murmura :

— Si je te dis quoi est Hanoukka, je peux apporter un livre du coffre à la maison ?

— Non, Gittel. Tu sais bien que ta maman ne veut pas que tu lises en français à la maison. Je vais les garder ici, mais j'en emprunterai plusieurs pour ton retour, d'accord ?

— Beaucoup, beaucoup de livres ? OK… Il y a très, très, TRRRRRRRÈS beaucoup de temps (nous rîmes ensemble), on a cherché de l'huile dans une cave, et on a pas trouvé pour beaucoup de jours. Il faisait très noir pour les juifs. Mais on a trouvé finalement une petite bouteille d'huile et cette petite bouteille était assez pour faire de la lumière pour huit journées. Parce que ça on a huit journées de Hanoukka. C'était un miracle. Tu sais quoi est un miracle ?

— Oui, je sais.

— Pour la fête de Hanoukka, on va aller dans les maisons pour quêter de l'argent, et avec l'argent on va acheter des bonbons pour les enfants, des toupies, et beaucoup d'huile. Toutes les filles et mamans font des *latkes* et des *donuts* avec de l'huile. Tu connais les *latkes* ? C'est comme des gâteaux avec des patates ; moi je aime beaucoup. Quand les *latkes* sont prêts avec les *donuts,* on lave le ménora pour que ça brille, après on met de l'huile dedans. Après les papas reviennent de la synagogue, ils allument les ménoras et ils chantent avec les garçons un minimum de une demi-heure. Après on mange un grand repas et toutes les choses avec de l'huile. On joue sur la table avec des toupies et on peut gagner des bonbons.

— Madame ! cria Léah. Viens ici !

— Tu peux pas dire à personne! m'avertit Gittel, inquiète.

— Non non, ne t'en fais pas, lui promis-je.

— Madaaaaaaame! hurla Yehudis.

— Qu'est-ce qu'il y a les filles? fis-je.

— Chaya a brisé ma *draïdle*!

— Non, protesta Chaya, c'est pas vrai, madame.

La cloche sonna, les conflits se dissipèrent, les enfants se dépêchèrent, tout et n'importe quoi dans leurs sacs d'école, ce fut la course vers les escaliers et les autobus. La classe fut vide et sale, sans toupie, sans enfants. Sur le pupitre de Hadassa, son dessin avait été oublié, avec les crayons de bois tout autour. Je m'approchai pour le saisir. Eus envie de le voler. L'examinai longtemps. Un homme avec une longue barbe, des mèches boudinées qui descendent le long des tempes, un haut chapeau, une veste noire jusqu'aux genoux et des bas blancs. Deux autres personnages lui ressemblant mais sans barbe et beaucoup plus petits. Puis une femme de la même taille que l'homme, des cheveux droits coupés au carré couverts d'un large bandeau. Une jupe simple et une chemise large unie couverte d'un collier de perles. Deux petites filles à ses côtés, avec des uniformes et des collants. Au centre, Dassy. Je la reconnus à ses souliers vernis sur une épaisseur de neige mauve, ses cheveux étaient courts et garnis d'un bandeau assorti à son manteau bleu. Il y avait des flocons de neige, énormes, et des bonbons qui tombaient du ciel.

PARTIE II

1

Tôt le matin, la radio avait annoncé un congé scolaire pour cause de neige abondante. Plusieurs artères étant impraticables, on les avait fermées afin que les cols bleus y déversent des cargaisons de gravier noir. Dans les maisons où la radio était interdite, c'était le téléphone qui avait sonné. Vers huit heures, l'île était peuplée d'enfants qui escaladaient des pics, construisaient des glissades, des igloos, des cuisines, des chambres secrètes. Près du square, une petite fille aux yeux obscurs s'était dandinée, ira n'ira pas, *my feet are completely frozen*, et puis elle s'était décidée, au sommet s'était assise sur son manteau bleu, et elle avait hurlé le temps d'une seconde.

L'après-midi achevé et la boutique fermée, Jan et Charles, emmitouflés, atteignaient le Plateau-Mont-Royal. Dans la noirceur de janvier, sous les fils électriques enrobés de verglas, les épiciers patinaient sur des trottoirs étroits, Charles racontant ses fêtes de Noël et ses sorties avec Rafaëlle, et Jan rapportant des nouvelles de son séjour à Cracovie. Il était heureux d'être de retour. Tout lui avait manqué. La présence de

Charles, les discussions à la Boutique, le Mile End, Outremont, son hiver, son trois et demi, sa vie d'ici.

— Ça y est, on arrive, soupira Charles, cuisses engourdies par le froid.

Sur le paillasson, Charles arracha un glaçon géant qui pendait de la boîte aux lettres, et se mit à le sucer, après avoir sonné au sept. Leur ouvrant, Rafaëlle s'esclaffa, le lui arracha, l'embrassa, puis les invita à entrer. Alice, qui sortait de la cuisine, tablier rose sur robe rouge, s'avança, et elle tendit les joues aux épiciers. Déposant les manteaux sur son lit, faute de garde-robe, elle fit visiter chacune des pièces, riant de son propre désordre, extravagant. Dans la cuisine, Alice s'attarda longuement sur l'aspect du balcon, étroit mais si long, avec vue sur un hangar de tôle. Elle expliqua qu'en été c'était une pièce supplémentaire, elle y installait son hamac, une table, toutes ses plantes, un tourne-disque, une natte.

— C'est pratique, les informa-t-elle enjouée, j'ai le soleil jusqu'à vingt heures, et les histoires, les histoires de ruelles, c'est bien mieux qu'une télé!

Au salon, Charles se serra contre Rafaëlle afin de lui souffler quelques mots à l'oreille. Curieux, Jan observa la pagaïe à la lueur des bougies, chercha l'encens, le trouva qui brûlait dans une lanterne en terre cuite. Invités à s'asseoir sur des coussins, les épiciers qui examinaient la pièce, explorèrent les deux bibliothèques surchargées de romans, de revues, de manuels scolaires, de statuettes de toutes sortes. «Une vraie collectionneuse, hein? lança Rafaëlle. Petite, elle ramassait et classait des abeilles. Aujourd'hui, Alice a des collections de manteaux d'époque, de robes d'été, de chevaux décoratifs, de livres, et de plantes. Vous savez qu'elle est membre de tous les bazars de la ville?» se moqua-t-elle, complice de son ancienne colocataire.

Alice, suivie de Rafaëlle, partit dans la cuisine pour goûter la sauce, ou plutôt, pour bavasser. Les filles revinrent, avec deux vins algériens, du poulet à l'arachide et des plantains. Elles s'assirent côte à côte en tailleur, l'une retira ses chaussures à talons, l'autre couvrit ses genoux avec sa longue robe en tricot rouge.

— Jan *Sulski*? C'est cela? demanda Alice. Tu viens d'où?

Il répondit en tendant son verre à Charles.

— Ma mère est Française, et mon père Polonais. Ma marraine habitant le Pas-de-Calais, j'y ai passé tous mes étés. Mais je suis de Cracovie.

Rafaëlle renversa sa coupe sur la nappe, courut à la cuisine, revint avec du sel, demanda cent fois pardon à Alice, qui n'en fit pas cas.

— Tu es arrivé cet été, c'est bien ça? continua l'hôte, tout en tendant une cuillère de service à Charles.

On discuta de musique, de cinéma, de vins, des engouements biologiques, des fêtes de la nouvelle année, de pêche blanche, de raquettes, de référendum, de métropole, d'immigration et du matou de Charles récemment diagnostiqué sidatique. C'est pour ça le poil qui tombe. Et les ronds de peau dans son cou. C'est pour ça qu'il vomit. On ne peut rien y faire. Les hommes terminèrent tranquillement les plats, et les femmes entamèrent la seconde bouteille de vin. Dans le salon double peu éclairé, Charles et Rafaëlle s'étaient rapprochés, se bécotant longuement. Jan s'intéressa à l'enfance d'Alice, à ses années en Afrique, à ses voyages en Espagne, au Brésil, et à ses études en lettres. Il se confia aussi, relatant sa brève carrière de pianiste, son adoration de Chopin, et son exil.

— … après leur divorce, ma mère est partie rejoindre ses sœurs en France, mon père s'est remarié, et moi j'ai continué mes études à l'Académie tout en logeant chez mon papy. Après un début de carrière en solo et deux ans d'enseignement, j'ai décidé de tout quitter. Un coup de tête… et Montréal, ça sonne bien, non? (Il rit.) J'avais besoin d'autre chose, alors je me suis acheté un billet aller simple. Pour l'instant, la Boutique me convient très bien.

Rafaëlle et Charles interrompirent la discussion, annonçant qu'ils allaient racheter du vin.

— Vous nous gardez du gâteau au citron? vérifia Rafaëlle en rentrant ses boucles rousses sous son capuchon.

Jan suivit Alice dans la cuisine. D'abord, il la regarda démouler le gâteau, le napper d'une crème anglaise, puis verser de l'eau bouillante dans une théière. S'avançant vers la porte, il s'intéressa aux photographies collées pêle-mêle sur le réfrigérateur.

— Tu veux du thé? lui offrit-elle en lui tendant un verre japonais. Elle se rapprocha ensuite, sourit, le renseigna:

— Ce sont mes élèves.

— Tu enseignes? Je croyais que tu étais encore à la maîtrise.

— Non… je l'ai terminée l'an dernier. En août dernier, je lisais un quotidien, et j'ai vu un poste en enseignement du français dans une école privée. Évidemment, je n'avais pas de diplôme en pédagogie, mais j'ai tenté ma chance. Je n'avais aucune idée qu'il s'agissait d'une institution juive, pour filles. Ça a été un hasard, un magnifique hasard ; j'ai l'impression de travailler tous les jours sur une autre planète.

— À Outremont ?

Jan était ébahi.

— Rafaëlle ne te l'a pas dit ? Oui, auprès des enfants de la communauté.

Alice caressa à son cou son pendentif en or. Jan but une gorgée, déposa son verre.

— Tu travailles chez les juifs ? Mais tu n'es pas juive…

— Non… bien sûr que non. Et ça rend la tâche difficile, tu peux être sûr !

Elle se rapprocha des photos, désigna quelques élèves, les nomma, se plaisant à emprunter la prononciation yiddish.

— Aux juifs du quartier ? Vraiment ? insista-t-il.

— Oui, les Hassidim. J'ai une classe de sixième. Tu vois, ici, c'est Hadassa. Les filles l'appellent Dassy. Moi je n'ai pas le droit car je suis une *goya*… et les *goyim* doivent respecter un tas de règles.

Alice acheva de natter ses cheveux, se retourna, puis s'activa. Elle empila les assiettes, les verres, mit de l'eau savonneuse dans les chaudrons, se servit encore du thé. Elle lui aurait parlé pendant des heures. De cette enfant pas comme les autres. Elle le faisait d'ailleurs avec Rafaëlle, l'appelait souvent en soirée pour lui raconter des anecdotes. Personne d'autre ne comprenait l'intensité de ses semaines, des rejets des *Bat Mitzva*, des secrets des onze ans, des phrases de Hadassa, de l'étoile sur son front, de ses petits bras fourrés dans son manteau bleu, de son visage qui tenait dans une main. Rafaëlle et Charles tardaient, s'embrassant sur les bancs de neige. Obnubilé par les enfants, Jan pensa à la femme, qui pensait à lui, rue Durocher.

Puis les tourtereaux de janvier revinrent, dégustèrent le gâteau accompagné de porto, se reposèrent sur les coussins. Bien que les cernes d'Alice et le mutisme de Jan semblaient confirmer leur fatigue, la soirée s'étira malgré tout. C'est que Rafaëlle Dumaine, véritable comédienne, récita des annonces publicitaires, mima des clients de la Boutique, napperon sur la tête elle fit une démonstration de salsa, s'essaya pour un grand écart, etc. Minuit passé, Alice débarrassa la table, son amie la suivit, la serra contre elle, merci pour tout, que fais-tu samedi? Dans le salon, Jan et Charles se vêtirent, et très peu de temps après, le trio sortit dans la nuit glaciale, sous une lune ronde comme un ballon de plage.

2

Par l'étroite fenêtre qui donnait sur un mur de briques, nous ne voyions ni la neige, qui depuis deux jours s'abattait sur l'île, ni le ciel, qui hésitait entre le gris et le rose. La pièce était modeste, meublée de deux tables rectangulaires, d'un micro-ondes posé sur un réfrigérateur, et d'étagères remplies de livres scolaires abîmés. Les professeures de yiddish et de français enseignaient aux mêmes élèves, se partageaient les classes, les bureaux, ainsi que le local de repos. Pourtant, entre onze heures quarante-cinq et midi quinze, à défaut de solidariser, de discuter de certaines élèves et des approches pédagogiques, les deux clans s'ignoraient. Dès l'enfance, les Mrs. avaient appris à éviter les *goyim* afin qu'ils ne leur apprennent pas à imiter toutes les abominations commises par eux en l'honneur de leurs dieux, et à devenir ainsi coupables envers l'Éternel. Les autres, les maîtresses, ne comprenaient pas leur réserve flegmatique et se considéraient comme victimes de racisme. Aussi, même après les vacances de Hanoukka et de Noël, les « *Hi, everything's good?* » conventionnels n'avaient donné lieu à aucune réponse, ni des unes, ni des autres.

Les conversations s'entrecoupaient : *biscuits soda Premium plus, shabbat, Reer, husbands, colocataires, Hutchison, Rive Sud...* Feignant de corriger mes copies, j'écoutais et contemplais. Debout près du réfrigérateur acheté kascher mais dans lequel nous fourrions impitoyablement les baguettes jambon fromage, les jeunes femmes à perruque semblaient indifférentes à notre présence. Caressant leurs ventres, leurs épinglettes, leurs boucles d'oreilles à pendants, elles parlaient fort, très fort, et elles s'interrompaient sans cesse. Attablé, l'autre clan tentait, dans le brouhaha, de discuter du voyage de Pâques à Cuba, du prochain cinq à sept, des mets préparés qui sont en solde à tel endroit. Le micro-ondes sonnait toutes les cinq minutes, les « comme-moi » s'y rendaient chacune leur tour, « *Sorry can I pass, Sorry my meal is ready* », les perruques déplaçaient leur poids d'une jambe sur l'autre, mais faute d'espace les soupes Lipton débordaient et se répandaient sur le sol. Revenant à leur table, les professeures enrageaient de ce manque de savoir-vivre.

Selon mes élèves, leur enseignante du matin, Mrs. Adler, vingt-quatre ans, avait trois enfants en bas âge. Souvent la première à quitter la salle de repos et l'école, je l'examinais se préparer avec toujours cette précision. D'abord, elle enfilait son manteau, et le boutonnait avant de nouer son écharpe à pastilles. Puis, elle pliait les genoux devant la minuscule glace afin de redresser son bonnet noir et de tirer sur les pointes de son *shaytèl*. Glissant ses doigts dans des gants doublés, elle les rapprochait en prière devant sa bouche, jasait quelque peu encore avec sa sœur, Mrs. Baum, également titulaire, puis rentrait chez elle, rue de Champagneur, retrouver ses enfants. «*Sorry, can I pass?*» lui répéta madame Boulanger. Mrs. Adler s'écarta, fut bousculée contre les manteaux sombres mêlés aux fluorescents, et, sans aucun signe de colère, totalement impénétrable, elle se redressa. Il ne semblait y avoir aucun dialogue possible entre les anecdotes de Hanoukka et celles du jour de l'An. *Bar Mitzva* et Ikéa. Tandis que les «comme-moi» passaient leur fin de semaine au rythme du temps américain à corriger les copies, à sortir les chiens dans un mètre de neige, à repérer un stationnement pour les voitures dont les amendes s'additionnaient aux remboursements des prêts étudiants, les enseignantes du yiddish, elles, célébraient sous l'éclat des bougies, près du chant grave et répétitif des hommes, la paix du shabbat. Le repos du samedi étant un commandement, les femmes sortaient les colliers de perles, enfilaient des robes de soie noire, étendaient du fard sur leurs joues, ne faisaient pas la cuisine, ni aucunes tâches ménagères, réservées aux jours de semaine. Lorsque la cloche retentissait, les enseignantes s'activaient, se disputaient le miroir, les boîtes à goûter étaient soit soigneusement rangées sur les étagères, soit laissées éventrées sur une table. Les bras se poussaient sans se toucher, *sorry, sorry,* le couloir s'emplissait, et pour la discipline des rangs, une enseignante du yiddish toujours nous accompagnait.

À peine avions-nous franchi la porte du gymnase que les élèves, exténuées par les quatre heures de classe de la matinée, s'excitaient, se chamaillaient ou échangeaient des serviettes de table, une verte contre une rose, une *Happy Birthday* contre une *Mazel Tov, Good luck* contre des ballons, des arcs-en-ciel contre des oursons, collections dont plusieurs traînaient dans des boîtes à chaussures. Dès la deuxième marche, Nechama m'interrogea :

— Madame Alice, tu as tout compris quoi Mrs. Weber a dit ? C'est comme du *Chineese* pour toi ?

— Non… c'est comme du yiddish !

Et pour la première fois, elle me rendit un sourire honnête.

— Madame, tu as une nouvelle jupe ? me demanda Yitty quelques marches plus tard.

— Oui, j'ai acheté du tissu, j'ai taillé et j'ai cousu.

— J'aime le *way* ça *turn* quand tu marches. Où tu as acheté le tissu, madame ?

— Sur Saint-Laurent, lui répondis-je.

— Sur *Main* ? C'était le magasin de mon père ?

— Je ne sais pas, Yitty, je n'ai jamais rencontré ton père !

— Chez les juifs tu as acheté ? Alors peut-être tu as vu mon père, il a un magasin sur *Main street* avec très beaucoup de tissus. Tu sais quoi il regarde ?

— Yitty, fis-je, en ouvrant la porte de la classe, on dit : tu sais à qui, ou à quoi il ressemble…

— Il ressemble comme moi, continua-t-elle, plantée à mes côtés et laissant ses camarades baiser une à une le *mezouza*. Il est très grand et a des cheveux *yellow*. Si tu vas dans son magasin, tu vas savoir *right away* que c'est mon père. Tu vas souvent sur Saint-Laurent ? Quand tu vas encore ?

Me bombardant de questions, elle fixa mon habit une dernière fois puis ajouta, déçue :

— Mais ton jupe te fait très *skinny*… toi tu es *very skinny*, madame !

Son dernier énoncé fit bondir les jumelles qui décidèrent de *défendre* la professeure :

— Toi, tu es maigre aussi Yitty! accusa Gittel.

Elle riposta rageusement, mains à plat sur ses côtes, expliquant que c'est l'uniforme qui fait elle *skinny*. Et mon famille est riche, on a beaucoup de choses à manger, et je ne suis pas malade and *it's just perfect like that*. Sarah Waserman aussi est maigre!

— Non! cria Sarah, accroupie près de la boîte au trésor. Moi, c'est que je suis grande!!!

Je distribuai, malgré l'agitation et la fatigue de mi-janvier, un texte de lecture parsemé d'images. Les élèves, ce jour-là indociles, s'assirent bruyamment, cherchèrent sur le plancher des crayons égarés, Nechama conclut un dernier troc de *napkin* avec Traney la silencieuse, Tzirl nettoya la surface de son pupitre avec du désinfectant, Hadassa colla sur son cahier de mathématique une photo de sa petite sœur Chana-Léah, Libby, assise, continua à grignoter son auriculaire tout en observant ses voisines qui comparaient leurs bracelets. Le silence tarda.

— Madame, tu sais pourquoi Dina n'est pas là? demanda Simi, sa cousine.

— Non, confirmai-je, impatiente d'entamer la leçon.

— Elle doit garder sa petite sœur Chaya parce que sa maman est partie à un mariage à New York jusqu'à demain. Toi tu connais New York?

Perle Monheit ne me laissa pas le temps de répondre:

— Tu sais qu'à New York, il y a très beaucoup de juifs? Même plus qu'ici. Il y a des autobus avec juste des juifs comme nous. Tu aimerais voir?

— Pourquoi tu n'es pas juive, madame? osa Sury, douze ans et trois jours.

Le temps s'arrêta. J'oubliai même les copies dans mes mains.

— Tu veux être juive? insista-t-elle, avec dans ses yeux, toujours et pour toujours, la supériorité du croyant sur l'athée.

La classe s'était tue. Sur un ton totalement innocent, Yitty rajouta:

— Si tu te maries avec un juif, tu ne seras plus une *goya*, et tu pourras être juive.

— C'est vrai, madame, dit Blimy.

— Tu ne seras pas sauvée! m'avertit Yitty, visage atterré. Ça c'est *sad*, madame, juste les Juifs vont être choisis par Moïse, tu sais ça?

Hadassa me fixait en rongeant ses ongles. J'attendis quelques minutes, ne répondis rien, puis continuai à distribuer les textes, sans qu'aucune n'ose parler. Ç'aurait été plus simple, effectivement, pour elles et moi. Nous aurions pu nous voir entre les heures de cours, j'aurais eu des enfants que j'aurais emmenés avec vos sœurs et frères au square, nous n'aurions rien eu à nous cacher l'une l'autre, pas de livre à censurer, j'aurais su parler yiddish, oui, je serais venue chez vous discuter avec vos mères, j'aurais mangé kascher, et surtout, j'aurais eu droit au shabbat bien sûr.

— Combien de pages, madame? s'inquiéta Sury, dyslexique non diagnostiquée.

— Qu'importe? lui répliquai-je. *Un bon exemple de courage et de ténacité,* c'est la biographie très intéressante d'une femme juive qui s'appelle Helen Keller.

— Juive comme nous? s'informa Perle.

— Non, mais juive quand même.

Je sentis ou imaginai une légère déception, laquelle m'exaspéra. J'inspirai bruyamment.

— Je vais faire les équipes de deux, affirmai-je.

— Non, madame! protesta Nechama. Laisse-nous faire les équipes, je te *promess* on va pas faire la chicane.

En quelques instants, Gittel rejoignit Blimy, Traney se déplaça vers Yehudis et Perle vers Nechama, Yitty s'assit auprès de Malky, quelques-unes se disputèrent Sury, Sarah fut choisie, d'autres couples se formèrent plus lentement, un peu au hasard, toutes se casèrent, enfin presque, puisque Libby et Hadassa tournaient sur elles-mêmes telles des *draïlalch* de Hanoukka. Somme toute, sans que j'aie à intervenir, la tignasse de feu et la broussaille se jumelèrent. Le souffre-douleur, irradié de bonheur, prit en vitesse son texte, ramassa d'une main une chaise et se déplaça à l'avant, au pupitre de Dassy. Deux par deux, les coéquipières tournaient les pages pour voir les images de la femme juive mais pas *really* juive.

— Madame? appela Yehudis. Elle est une vraie juive?

— Oui, pourquoi? dis-je, exténuée.

Plus aucun bruit. Ma classe se décida à lire et elle aima l'histoire de la sourde et muette Helen Keller racontée aux enfants. Gittel jouait dans les cheveux de Blimy tout en ne quittant pas le texte des yeux. Les petits doigts duraient sur les images, puis suivaient les lignes, une page après l'autre, examinant les vêtements des personnages, les tenues d'Helen, mais pas de perruque, non, c'est sûr que non parce qu'elle a un chignon. J'allais et venais vers le mur vitré. Ressentais la fatigue de saison. Et des émotions contradictoires qui traduisaient le climat de la classe. Inutile de les emmener en promenade car sans habits de neige, elles souffriraient du froid. Je fixai la cour, inerte, et le jardin que nous ne foulions plus de nos pas. Deux murs clôturés et une façade de brique où s'accrochaient des mottes de neige. La voie ferrée tout près. Silencieuse, les lundis, inoccupée. La lecture s'acheva, quelques-unes finirent des fractions entamées la veille, d'autres allèrent choisir un livre dans le coffre aux trésors.

Un oiseau se percha sur un fil électrique. Ventre noir et bec rouge.

— Madame, quoi tu regardes? demanda chère Hadassa, à ma gauche.

— L'oiseau, là.

— Toi, tu aimes les oiseaux? fit-elle, intriguée.

— Oui, je les aime, mais je ne connais pas leurs noms.

— Tu peux donner le nom que tu veux, parce que eux parlent pas et vont pas entendre quoi tu dis.

Au moment où la fin de l'après-midi sonna, Bec rouge disparut et je demeurai seule avec Dassy qui, pour la dixième fois depuis septembre, s'affaira à la réparation des chaînes du couvercle de bois de son pupitre. Tremblant de tout son corps, elle donna deux coups de talons sur le carrelage en s'impatientant :

— Madame! Mon pupitre est toujours brisé!

— C'est rien, Hadassa. Attends, je vais t'aider.

L'enfant s'assit, croisa ses bras sur sa poitrine, me regarda faire. Je craignis qu'elle ne pleure, tentai quelques manœuvres penchée sur son pupitre, en vain. Abandonnant, je lui promis de laisser un mot au concierge.

— Tu sais quoi, madame?

La petite se dressa et balança son sac sur son dos.

— Ma mère dit que je suis très beaucoup *mood-swing*... Comme ma grande cousine. Toi tu penses aussi?

— Dassy! *KIM!* hurla sa sœur postée à la porte.

Hadassa sursauta, courut, baisa le *mezouza*, quitta le local courbée sous le poids de son sac d'école.

3

Sur Durocher cachée dans le ventre de février, David s'inquiétait de l'agitation de sa femme, qui se retournait sans cesse dans le lit conjugal. Son épouse, d'habitude prostrée à la maison, sortait davantage depuis un certain temps. Mais elle affichait un air si tourmenté, si vulnérable, qu'il ne pouvait s'empêcher de craindre pour sa santé. «Faudrait retourner consulter le Rabbi Learner», murmura son époux, tête enfoncée sous l'oreiller. La jeune femme au crâne nu quitta la chambre, descendit les escaliers de bois en se penchant sur la rampe, fit chauffer l'eau sur le poêle, appuya son nez contre la porte-fenêtre, rêva de sortir dans le jardin afin de s'étendre sur la neige et de ressentir le froid pénétrer sa robe de nuit. Recroquevillée sur le sofa, elle attendit que la bouilloire sifflât. Puis se leva, revint avec une tasse, se réchauffa les mains sur la faïence en fixant la cheminée. Elle ne voulait pas retourner voir le rabbin qui aurait peut-être deviné l'angoisse, la folie, le désir en elle. «On se marie d'abord, on aime ensuite», aurait-il sans doute répété. Et puis, il allait énumérer à nouveau les *mitzvot* d'une nouvelle épouse, ne jamais refuser son mari après le bain rituel, s'assurer de la pureté familiale, accueillir le shabbat, prier, et attendre le premier enfant de Dieu.

David apparut, front plissé. Il s'approcha de sa femme, s'installa près d'elle, caressa sa tête. La fête des sorts approchant, ce pouvait être le tourment de son épouse. Tant de plats à prévoir pour les invités, les dons à ramasser, les corbeilles de cadeaux à concevoir, les costumes à coudre. Souvent, lorsque se présentait une célébration religieuse ou une rencontre familiale, elle s'inquiétait, et il arriva même quelques fois qu'au dernier moment elle s'abstint, prise d'une fatigue extrême, ou d'une fièvre. Passant sa main sur son front, il la trouva ravissante sans lui dire jamais, il eut envie d'elle sans lui dire jamais. Puis il monta se coucher.

Le living-room était inondé de nuit. Si elle arrive à attraper le coussinet avec les orteils et le ramener près d'elle, elle ira. Elle ira voir si l'épicier, depuis si long-temps absent, est de retour. Demain. Avant de se rendre chez son frère Moiche pour aider sa belle-sœur à coudre les costumes des enfants. Elle déposa sa tasse sur la table ovale et basse, s'allongea sur le côté gauche du corps, étira la jambe droite, distendit la cheville, pointa le pied, agita les orteils, élongea le genou, éten-dit davantage la jambe, le mollet, la pointe du pied, encore, sa hanche s'allongea, sa hanche tricha de quelques millimètres, oui, ça y est, le coussin rond fut saisi, rabattu sous ses fesses, la femme le prit avec sa main, le serra contre sa poitrine. Plongea son nez dans sa douceur. Sourit. Réclamée par son mari, elle monta les marches deux par deux, se glissa dans les draps, ne bougea plus : «*Veuille ô mon Dieu et Dieu de mes pères, que je me couche en paix et me relève en paix, sans que me troublent mes réflexions, ni de mauvais rêves, ni de mauvaises pensées ; que mon sommeil se déroule dans la pureté…* » Puis tournant le dos à son époux, elle calcula et recalcula le nombre de fois où elle était allée à la Boutique et que l'homme n'était pas là. Elle aimerait le revoir une fois, une dernière fois, être toute seule avec lui dans ce commerce, entendre sa voix, elle souhaite qu'il lui parle, lui dise des choses sans importance, écouter son nom encore, qu'il le prononce près d'elle. La femme enfonça son visage dans le coussinet rapporté du rez-de-chaussée. Elle serra la mâchoire, voulut pleurer, ou hurler, coupable de contribuer à la multiplication de péchés, ce qui retarderait la venue du Messie. Effectivement, les fidèles avaient beau prier pour blanchir les humains, le Libérateur ne reviendrait que lorsqu'il existerait une génération soit totalement innocente, soit totalement coupable.

4

Cheminant rue Bernard, Jan pénétra dans la boulangerie kascher nommée Cheski. Au comptoir, deux clientes choisissaient des pâtisseries, tandis que dans un vaste landau, des triplettes tentaient d'agripper leurs bottes vermeilles. La caissière gantée de blanc pesa les biscuits au beurre couverts de sucre, et compta douze croissants au miel. Le vendredi, veille du shabbat, c'était toujours très achalandé, et il fallait venir tôt pour que les paniers ne soient pas dégarnis. Chaque semaine, Jan s'y rendait. Pour les chocolatines tendres et généreuses, et pour le hasard qui ferait qu'un jour il la croiserait. Quand la jeune mère eut terminé de payer l'employée en déposant les pièces sur le comptoir, Jan se précipita vers l'entrée, ouvrit la porte pour les dames et le landau. Habituées à manier une si lourde poussette, elles sortirent sans montrer aucun effort et sur le trottoir enneigé, la plus jeune prononça un *thank you* yeux baissés. Le boulanger, papillotes enroulées autour des oreilles, sortit de l'atelier, et c'est à lui que Jan commanda.

Quelques mètres avant l'avenue du Parc, Jan croisa Alice, qui se baladait en ce jour gris avec un rang d'élèves derrière elle. Les dix-neuf coupes au carré déambulaient deux par deux sur le trottoir, elles s'immobilisèrent derrière la maîtresse, penchèrent la tête, et quelques élèves déposèrent un pied sur la rue pour voir mieux l'homme *goy, pas kascher*, qui s'est arrêté à côté de Madame. Le rang chuchotait et ricanait. Alice sut qu'elle ne pouvait s'arrêter longtemps, que les questions, les curiosités seraient nombreuses.

— C'était qui? Toi tu le connais? Mais nous, on parle pas aux cousins quand on a douze ans.

Le groupe passa. La dernière de la file, une petite rousse, marcha longtemps retournée sur elle-même jusqu'à trébucher sur un nid de poule.

Une heure fila. Puis cela se produisit. Ils étaient dans l'allée centrale de la Boutique, les corps rapprochés, serrés par les étalages. Lui, grand comme un arbre; elle, menue et lumineuse. Le vertige passa de l'un à l'autre.

— Où sont les... *pink grapefruits*? hasarda-t-elle, joues fardées de février.

Le ton unique a hésité, la femme a voulu rajouter le prénom, le dire une fois à haute voix, s'entendre le dire sur fond de concerto pour piano mais elle n'a pas osé, et le prénom demeura sous plusieurs épaisseurs de lainages. Surpris par la question, il partit s'enquérir du fruit, et près des fougères, il aperçut Charles qui sans manteau sortait de la Boutique.

— Ici... voilà, dit-il à peine audible.

La femme le rejoignit, le regard fixé sur les lattes. Elle tendit le gant gauche, saisit le pamplemousse de la main de l'homme, les doigts se touchèrent, elle prononça merci, *Thank you*, puis détourna ses yeux des lèvres charnues couleur framboise, s'en alla vers la caisse, avec un seul fruit. En quelques enjambées, Jan fut derrière le comptoir, l'agrume repassa d'une main à l'autre, lentement, très lentement, aboutit sur la balance. Depuis la boutique de Nina, Charles observait la scène hachurée par la pluie verglacée et quelques voitures. *Cheski.* La femme reconnut le logo sur le sac en papier uni.

— Toi… toi tu connais *Cheski*? Elle mordit sa lèvre.

— Oui, lui répondit l'épicier, ravi.

La femme qui tremblait eut du mal à sortir son porte-monnaie. Il l'interrogea.

— Vous habitez près d'ici?

Elle serra contre elle sa bourse en laine noire, dans son visage, le bleu se mêla au vert. Elle n'osait pas répondre, elle habitait tout près, oui, et non, c'était interdit de discuter avec lui, revenir aussi c'est interdit, interdit de ressentir ce qu'elle ressentait, désastreux d'être là devant lui tant de fois et si près, mais elle le savait, c'était inévitable, elle le ferait encore, revenir. Elle ne répondit pas, se concentra:

— *How much?*

Il n'était pas d'ici, du nord de l'Europe sûrement, un menton imberbe, les yeux incolores comme les cils. À la voir se raidir, Jan pressentit son départ. Il était effrayé à l'idée qu'elle ne revienne plus jamais, il aurait voulu le lui dire, il n'osa plus, dérouté, tremblotant comme un malade.

Les petits gants beiges comptèrent les pièces sur le comptoir, les firent glisser une par une vers Jan, la femme attendit avant de tendre le bras, reçut le sac, se détourna en nouant son écharpe. Jan resta là, jambes chancelantes, suçant une jointure d'un de ses doigts comme un enfant puni. Il comprit qu'il ne pouvait pas lui parler davantage, que davantage causerait désavantage. Vers la sortie elle se dirigea lentement, *walking in a quiet manner which does not attract undue attention*. Elle devait sortir. Elle sortit. L'épicier la suivit des yeux, la vit qui traversa la rue sans vérifier le passage des voitures, qui croisa Charles au milieu de la rue, qui se mit à trotter le corps penché en avant. Les clochettes résonnèrent, Charles s'approcha de Jan, et tous les deux observèrent par la fenêtre embuée la grêle sur la jeune femme qui s'éloignait en empruntant Waverly sud. C'était un spectacle étrange de février.

— Vas-y, va lui parler, lui ordonna Charles, vaincu, les boucles pleines de vent mouillé.

Il ne le répéta pas, les clochettes résonnèrent à nouveau, Jan courut derrière elle. La femme l'entendit venir, accéléra le pas, bifurqua sur Groll.

— Mademoiselle! crie Jan, mademoiselle, hééééé!!

Elle tarde à s'arrêter, fonce dans la ruelle de neige et de pluie. Son cœur bat jusqu'à s'arrêter, elle ne sait pas quoi faire pour se dérober, disparaître dans la ruelle d'hiver, échapper aux gens qui vont peut-être les voir ensemble, l'homme va l'atteindre, elle le sent derrière elle, et puis elle le fait, elle s'immobilise dans le vent, et se retourne. Dans la Boutique, accoudé au comptoir-caisse, Charles mange une deuxième chocolatine et le chocolat coule sur le comptoir. Les rayures parlent:

— Tu peux pas me parler ici. Et elle se remet à marcher.

— Attends! Attends un instant! insiste Jan.

Elle s'arrête encore. Se retourne encore.

— *Don't talk to me.*

La femme a envie de s'évader, et à la fois, non, elle veut être là, personne dans la ruelle, qu'eux deux, il va lui parler avec sa bouche épaisse tout près. Un peu plus près, elle va peut-être sentir son souffle sur son visage.

— Ne pars pas, il dit. Ne pars pas tout de suite.

La pluie s'alourdit, se cambre dans un vent fou. Fouette les mollets chair, les dos, les visages qui se plissent. La femme baisse la tête, reste devant lui, comme pour entendre encore plus.

— Vas-tu repasser bientôt à la Boutique?

Elle ne sait pas répondre. Elle se contente de lever son visage vers lui. Il prend ce qu'elle lui offre, le rare éclat d'une femme qui désire et craint terriblement. Elle aimerait lui demander où il était pendant ces quinze jours. Elle aimerait lui avouer qu'elle s'est inquiétée, que ça l'a empêchée de dormir. De son bonnet les gouttes tombent sur son *shaytèl* coupé au carré. La pluie chargée de neige vient partout dans la ruelle. Avec le froid. Le redoux est terminé, le lendemain serait glacial. Et les routes impossibles. La femme a peur. Elle dit:

— *I am not allowed to talk to you.*

Elle s'apprête à tourner les épaules, comme pour s'échapper, mais ses bottes restent immobiles.

— Moi, j'ai envie de vous voir tous les jours, tous les jours je vous attends à la Boutique.

Les mots de Jan ont été dits et elle les a compris, ils ressemblent à ceux qu'elle n'oserait jamais prononcer, elle ne sait pas quoi en faire, c'est pour toujours, la phrase va la torturer, ça va être dévastateur, un désastre. Elle dit, en hoquetant:

— *I will not come back. It's impossible.* Je vais plus venir. (Elle se ressaisit.) Je n'ai pas le droit de discuter avec un homme… (Elle hésite, continue.) … *A man like you. You don't know?*

La femme frissonne. Chétive sous un manteau trop large.

— Non, pourquoi pas le droit?

— *Because I am hassidic and we do not mix.*

La femme s'est redressée, elle paraît plus grande, et tout autant fragile.

— *It's a mitzva from Torah.*

Jan ne comprend pas les mots qui sortent de la bouche qui tremble. Il le lui dit. Il le lui crie dans la pluie bruyante, infernale entre les deux corps. Elle regarda rapidement à gauche, à droite, ne vit personne venir. Répliqua:

— Pourquoi tu veux moi? Pourquoi?

Elle lève son menton vers le monument.

La blancheur du teint est éclatante sous les giboulées de février. Les perles de neige déconstruisent ses traits et les réinventent autrement, indescriptibles, magnifiques toujours. Jan ne répond pas. Il la regarde, il se love dans l'inondation du bonnet perlé. Elle dit encore, très très lentement.

— Je ne peux plus te voir. *You can't talk to me.* Ne suis pas moi.

Elle veut partir. Jan l'immobilise par le coude, qu'elle lui ôte aussitôt. Dans l'instant des corps qui se cherchent, du coude qui se retire, le grand cœur fou de l'homme insiste.

— J'aimerais discuter avec vous.

— *Talk.* Maintenant, insiste-t-elle.

Les cils battent sous les ondées répétées. Jan reste silencieux. On ignore si c'est de l'effroi ou de la grêle qui créent toute cette mare dans ses yeux.

— … *I have to go*, elle ajoute, sans bouger.

— Votre nom, dites-moi votre nom…

Elle hésite longuement, et un coup de vent lui mouille entièrement le visage.

— Déborah, Déborah Zablotski.

Elle le lui avait offert. Lui, il l'avait reçu comme on perçoit une réponse après des mois d'attente, après être allé trois fois plonger sa main dans le cylindre d'une boîte à lettres sur le bord d'une route de campagne. Puis elle regretta d'avoir cédé, de lui avoir dit son prénom, le nom de son mari. Elle ressent le calvaire du péché, elle ne sait pas si elle va s'évanouir, elle ne sait pas ce qu'elle fait là, en face de cet homme, dans une ruelle. Elle récolte les giboulées avec son gant et les rayures le tachent.

Et soudain, lui d'abord, elle tout de suite après, ils distinguèrent un homme en lévite et coiffé d'un chapeau de fourrure qui approchait. Jan regarda Déborah, qui se mit à courir vers l'ouest, traversant deux intersections, l'avenue du Parc, puis il ne la vit plus du tout. Quand elle atteignit le square, elle se coucha, se lova sur un banc. Noyée de giboulées, elle cracha longtemps dans le bassin bleu poudre du salon urbain de neige. Et elle ne repensa à la couture des costumes de Pourim que lorsqu'elle rentra chez elle, plus tard.

Charles venait de terminer la deuxième pâtisserie. Les jumeaux de madame Lièvre se partageaient la troisième. Jan entra. Ruisselant s'appuya contre la poutre. Luc demanda si son frère et lui pouvaient aller chercher le matou au deuxième.

— Oui. Voilà les clefs.

Les bouches chocolatées sortirent.

— Alors? interrogea Charles.

Jan ne répondit pas. Il prit place sur un tabouret, sortit la dernière pâtisserie, mine dépitée. Charles s'inquiéta.

— Je te l'avais dit. Ton histoire, c'est de la foutaise. C'est peut-être même dangereux de tourner autour de ces femmes-là. Viens, on ferme, on mange ensemble chez moi, puis on planifie notre week-end à Mégantic.

5

J'ALLAIS PARFOIS corriger chez Espéranza, angle Saint-Laurent. Avec un peu de chance, les gros fauteuils verts entourés de plantes araignées étaient libres. Il y avait même des poufs sur lesquels les clients pouvaient poser les pieds. On servait des muffins aux dattes, des gâteaux à l'avoine et caroube, des chilis végé, et des thés biologiques dans des tasses dépareillées. Dans les bibliothèques, des objets anodins tels la ferme de Maturin, des figurines de guerre, des vases à fleurs remplis de balles de golf, des pots à lait, des tas de livres sur l'élevage des chiens, le multiculturalisme, les discours du pape, les bananeraies... Ma petite sœur Scarabée qui n'était plus si petite, celle aux cheveux blancs décolorés par le Sahel, puis rouges comme du rouge à lèvres, y travaillait les samedis soirs, servant des soupes aux *granolas* nocturnes.

Un jour de février, cliente d'Espéranza, je commandai :

— Un thé noir aux cerises, s'il vous plaît.

— Vous êtes la sœur de Scarabée ? C'est fou comme vous vous ressemblez. Quelque chose dans le visage, me dit la serveuse aux dreadlocks blondes jusqu'au bassin et aux collants rayés rouge et noir.

J'ouvris mon sac en cuir de chèvre. Après avoir étudié le genre biographique en découvrant Lola et Pablo, Alexandre Graham Bell et Helen Keller, les élèves avaient ensuite rédigé des textes qui racontaient la vie d'un membre de leur famille. Ce matin-là, il me restait une seule copie à lire : «*La vraie vie de Léah Frank, ma grand-mère.*» La couverture en papier rigide présentait un portrait en noir et blanc d'une dame aux yeux calmes, et à la chevelure noire, tirée en arrière. Sur la seconde page, le texte était manuscrit, sans alinéa, simple interligne, trait gras.

«*Le dixième jour d'août 1920, Moichy Shimon et sa femme Ester ont eu un bébé fille qui s'appelait Léah. Elle était le sixième enfant de sa famille. Elle habitait dans le village Pécs qui se trouve dans le pays de Hongrie. Quand elle avait trois ans, Léah a commencé d'aller à l'école du village. Elle avait une robe pour le matin, et une robe pour la nuit et toutes les deux avaient des plis. Chaque année sa maman a enlevé un ou deux plis à ses robes. Léah travaillait chaque jour dans le jardin avec sa maman pour prendre de la terre les légumes. À 18 ans, Léah se mariait à Yoshev Paskusz. Après, elle a eu une fille très mignonne avec le même nom que moi, Hadassa, et aussi un garçon : Binyamin qui était très gentil. L'année 1942, les Allemands sont déménagés dans le pays de Pologne, et ils ont jeté des bombes partout, même à Hongrie. Ma grand-maman avait très peur et ses enfants ne pouvaient pas sortir dans la rue. Un jour, les Allemands ont volé Yoshev et Binyamin, et Léah a très beaucoup pleuré. Après elle a déménagé chez une amie et tout le monde habitait dans une mai-*

son à la campagne. Un autre jour, dans l'été, les Allemands sont venus chercher ma grand-mère, Hadassa, sa fille qui avait juste quatre ans, et toutes les autres personnes, et ils ont déménagé dans un grand forêt qui s'appelle Sobibor. Quand Léah est arrivée là, une personne lui a dit un secret : « Ne parle pas que tu as vingt-quatre ans, dis que tu as seulement vingt ans comme ça tu vas avoir plus de chance pour travailler pour le gouvernement. » Comme ça elle est restée vivante pendant la guerre du monde, mais pas Hadassa parce qu'elle est morte à cause du froid. Après la guerre, ma grand-mère est venue en bateau jusqu'ici, et elle s'est encore mariée. Son mari s'appelait Elieser Frank. Elle a eu trois autres filles (Miriam, Sarah, Teresa ma mère) et aussi un grand garçon, Moishy, qui est le père de Nechama de la classe. Léah a travaillé longtemps dans le magasin de mon grand-père Elieser pour vendre le tissu. Moi je connais pas mon grand-père parce qu'il est mort avant que je né. Mais Léah, j'ai connu très bien. Après, elle a aussi mouru et c'était en 2003. Quand j'étais petite, j'aimais beaucoup aller à sa maison sur la rue Durocher parce qu'elle donnait pour nous toujours des surprises. La chose qu'elle aimait le plus c'était voir ses petits-enfants. La chose qu'elle détestait, c'était se souvenir de la guerre. Même mon nom lui rappelle toujours la guerre comme a dit ma mère. Elle a fait beaucoup de voyages à Miami pour l'hiver, parce que là il neige pas. Aujourd'hui, j'ai encore mes tantes et mon oncle que j'aime beaucoup et qui travaillent chez Elie pour vendre du tissu très shtatzi. J'espère que tu as aimé ma biographie sur Léah Frank. À bientôt ! »

Je lus, je relus, j'imaginai. Évaluai avec difficulté.

— Vous voulez autre chose ? demanda la rasta.

Je regardai l'heure puis refusai. Le soleil plombait sur les dernières plaquettes de glace. Février nous offrait quatre jours de faux printemps, avec un mercure qui se hissait au-dessus de zéro. Je traversai la rue Saint-Viateur, aveuglée, passai devant une librairie, achetai une galette de sésame à la Boutique où je bavardai quelques instants avec Rafaëlle. Grippée, emmitouflée, je constatai que les commerçants cassaient le givre avec des pelles puis balayaient leur entrée comme si la neige ne reviendrait plus. Je repris la route, croisai plusieurs promeneurs en manteau de printemps, et les mollets nus des adolescents.

Après les dix minutes de lecture pendant lesquelles je terminai *La nouvelle maîtresse*, je rendis les biographies et quelques-unes nous les présentèrent oralement. Celle d'Hadassa demeura sur mon bureau puisqu'elle était absente. À la pause, j'en profitai pour photocopier «La vraie vie de Léah Frank», une survivante du camp de Sobibor dont l'enfant s'était effondrée dans la neige, tout près des chiens. Je n'avais pas le cœur à enseigner. Peut-être parce que l'enfant-princesse n'y était pas. Je proposai donc une sortie, les élèves se réjouirent et allèrent chausser leurs bottes.

— Tu fais souvent des balades, madame! Moi je *love* ça! dit Yitty.

Deux par deux nous descendîmes les escaliers, mais au second palier, Libby trébucha, déboula plusieurs marches, se retrouva à plat ventre, lunettes projetées à trois mètres. J'accourus vers l'aveugle qui pleurait.

— Libby! Je suis là… est-ce que ça va?

Les filles nous entourant restèrent immobiles. Afin de réconforter la tignasse qui se lamentait repliée sur elle-même, j'osai poser ma main sur son épaule, très délicatement, et je sentis le regard des élèves interroger mon geste. Je demandai à Traney la silencieuse de nous apporter les lunettes au cadre vert. Libby les prit, elle recouvrit la vue, s'assit, pleura encore beaucoup, essuyant son nez avec sa manche.

— Peux-tu la bouger? risquai-je.

La cheville, soutenue, ne remua pas.

— Montre-moi, enlève ta main un instant, recommandai-je.

— Regarde quoi elle a sur le front! s'exclama Yitty. Une boule!

Je remarquai alors l'ecchymose qui déjà se teintait à la racine des cheveux. Le regard mouillé s'inquiéta.

— Ah oui, confirmai-je, d'une voix douce, je vois, il y a un tout petit bleu, mais il n'y a pas de sang, il n'y en aura pas, Libby. Tu vas aller avec Traney voir Rifky, et elle te mettra un cube de glace. Ne t'inquiète pas, dans six minutes, tu n'auras plus mal. D'accord?

Traney, qui était une enfant qui détestait les sorties et la compagnie, s'égaya, lui tendit la main, Libby se releva, renifla, hoqueta, puis se réjouit. Le souffre-douleur allait rester à l'école avec une amie, une amie qui demeurerait dans la classe avec elle, une amie qui lui poserait toutes sortes de questions sur l'accident, une amie pour elle toute seule. La tignasse décoiffée enquêta : «Vous allez partir combien de minutes?»

Seize manteaux trois-quarts me suivaient dans les rues d'Outremont bondées de landaus. Près de Van Horne, un chat, un chat énorme s'approcha de nous et le rang se tortilla comme un serpent. Déambulant vers le square, nous croisâmes une église, qu'elles associèrent à moi en mimant une croix avec les doigts (ayant l'impression qu'elles commettaient une faute *très très grave*).

— Madame! Tu sais que demain c'est Pourim? demanda la bavarde Yitty, qui m'avait rejointe en tête. Toi tu n'as pas?

— Non, tu sais bien.

— Mais tu as eu Halloween... osa-t-elle à voix basse. Tu sais, madame, Pourim, c'est une fête juste pour les juifs. Demain soir, tous les papas vont lire le Livre d'Ester. Moi je vais te dire quoi est l'histoire: il y avait un roi qui n'aimait pas les juifs et qui avait besoin d'une reine. La seule fille qui ne voulait pas se marier avec le roi était Ester, une juive. Mais le roi l'a choisie. Un jour, l'employé Haman a dit qu'il veut tuer tous les juifs. Le roi a accepté et Haman a fait un tirage pour voir quand il peut les tuer avec les soldats. Mais Ester a appris la date, et le matin que Haman voulait tuer, c'est les juifs qui ont tué les non-juifs. Ce jour spécial est le jour qu'on appelle Pourim!

Nous arrivâmes bientôt dans le square et plusieurs galopèrent vers les glissades gelées. Accompagnée de la bavarde et des jumelles, j'entrepris, en face de l'étang vide, de déloger les bancs de bois d'une mince couche de neige mouillée. Il faisait chaud. L'hiver fondait comme un jour d'avril. Les peupliers et les conifères étaient noirs et lustrés. Assise sur un banc et elles sur l'autre, «les secrets des juifs» passèrent de siège en siège.

— Je peux raconter quoi on fait le jour de Pourim? dit Gittel.

J'acquiesçai, privilégiée.

— À la synagogue, les papas lisent l'histoire de Pourim. Nous, on prépare avec les mamans des *shlochmanot*, c'est des boîtes avec des décorations et dedans des bonbons, des jus, des gâteaux et on va donner les offrir à des amis ou des grands-parents. Nous aussi on reçoit dans la maison beaucoup de *shlochmanot very tasty*. Pour le soir, on mange de la viande ou du soupe. Les papas boivent beaucoup de vin, et des garçons d'autres familles avec des costumes viennent pour chanter. Les papas donnent pour eux de l'argent, et les garçons vont donner pour les pauvres familles. Moi, j'aime très beaucoup Pourim parce que même les filles ont un costume. Mes frères se déguisent en rabbins, tu sais avec un chapeau, une barbe, un manteau et une canne! Comme des vrais *Rèbbe*.

— Madame, tu sais quoi était mon costume de l'année passée? demanda la dodue Blimy. Moi j'aime la fraisinette, alors je me suis habillée comme une fraisinette et ma sœur aussi. C'est mon tante qui l'a fait. J'avais un tablier et sur le devant, il y avait une photo d'une fraisinette. Ma fraisinette de mon tablier était plus grosse que la fraisinette de ma sœur mais la fraisinette de ma sœur était plus *cute* parce que c'était plus petite…

Je pivotai vers le toboggan jaune. J'aperçus Nechama, Perle, Sury, Sarah, Tzirl, Dina. Plusieurs autres douze ans. Mais pas de broussaille.

— Madame, moi aussi je veux dire quoi était mon costume! dit Yitty.

— Attends, j'ai pas fini, reprit Blimy. Le soir, on est allés chez notre grand-maman et elle a donné pour nous des *shlochmanot* avec beaucoup de bonbons et dans la maison de grand-maman, c'était comme un zoo ou un magasin avec tous les costumes! Mon papa a boire…

— A bu, la repris-je.

— A bu très beaucoup de alcool et il tombait partout et… (Les jumelles me fixèrent, gênées, se blottirent l'une contre l'autre, dissimulant leur bouche dans leurs mains.)

Yitty en profita pour prendre la parole :

— Et moi j'ai déguisé en *slave*… ma maman a mis sur mon face du maquillage noir et on a acheté une grosse chaîne en plastique que j'ai mis à mon cou. J'étais une *black slave*.

Je me levai et j'entrai dans l'étang. Les filles, intriguées, me suivirent. Délaissant les jeux, d'autres élèves galopèrent vers nous et sautèrent à pieds joints dans le bassin. Se mêlant aux récits, plusieurs coupes au carré me décrivirent les déguisements prévus pour la future fête : une *cleaning lady*, une princesse avec une robe en soie comme une mariée, un clown, une grand-mère, un pâtissier. Nous essuyâmes ensuite les ailes, le dos, les jambes d'un ange en cuivre qui portait au-dessus de ses bras une large coupe.

— Madame, on peut enlever nos chapeaux ? s'informa Yehudis au retour.

— Non, seulement les mitaines, on garde les tuques, les foulards et les manteaux restent attachés.

Deux par deux, les filles discutaient en yiddish. Il faisait gris et chaud, et des ruisseaux se formaient dans les rues.

— Ici, madame, c'est la maison de Dassy, remarqua sa cousine.

Je me tournai brusquement, et mémorisai l'adresse : 3454 Bloomfield. Les après-midi sans *Hidden beauty* n'étaient pas les mêmes. Il manquait sa douceur. Sa naïveté. Sa fragilité. Ses *moodswings*. Ses interventions, précieuses comme des perles de shabbat. Elle était peut-être malade. Au lit avec une compresse sur le front, ou alors non, sur l'avenue du Parc magasinant les *shlochmanot* de Pourim.

Dans quelques heures, pour l'office de *maariv*, la synagogue serait comble. Les juifs du quartier verraient le nom de Hitler derrière celui de l'exécrable Haman et commémoreraient les délivrances des juifs menacés d'extermination. Les papas boiraient très beaucoup de vin, de bière et fumeraient de longs cigares, comme jamais ils n'en fument. Le lendemain soir, les fidèles sortiraient dans les rues pour se rendre à la synagogue afin de participer à la cérémonie solennelle où le rouleau du parchemin du livre d'Ester serait lu avec des voix d'hommes uniquement. Durant la lecture, les fils s'amuseraient avec des crécelles qu'ils feraient tourner lorsque le nom du terrible, du méchant, de l'antisémite Haman serait prononcé. Nous traversâmes Van Horne prudemment. Yitty et Malky me rejoignirent, main dans la main, meilleures amies pour la journée. La petite voix jaune me parla :

— Madame Alice, toi ton papa il fume ?

Question déroutante, imprévisible comme ces enfants jour après jour. Voix de onze ans qui venait interrompre les joies de Pourim et briser le silence du cercueil refermé sur le satin. Six ans avaient passé, rien ne changeait, le consul était assis sur le port, des jambes pendantes sur la coque du ferry. Oui, il fumait des cigarettes de contrebande et ne craignait plus rien puisque plus rien ne pouvait lui arriver.

— Non. Ce n'est pas bon pour la santé.

— Où il travaille?

— Sur un grand bateau qui fait des voyages dans les pays chauds.

— Tu vas souvent sur le bateau où il est?

À quelques mètres de l'école, un homme approchait tête inclinée. L'apercevant, les filles me firent changer de trottoir.

— Madame, il faut aller de l'autre côté de la rue. D'accord. Attention, une voiture, allez, on traverse toutes ensemble et on ne regarde pas le monsieur, madame, toi non plus. Les garçons *Bar Mitzva* étudient toujours dans leur tête, et il ne faut pas les déranger. S'ils croisent une femme qu'ils connaissent, une belle-sœur, une cousine, une tante, ils n'arrêteraient pas pour la saluer, puisqu'on n'aborde jamais une femme non accompagnée de son époux, viens ici, madame, c'est mieux, madame.

6

Près de Déborah Zablotski, ses sœurs jasaient du soleil fort comme celui de juillet, ouvraient le col des manteaux à épaulettes tout en resserrant leurs ceintures taille haute. Quelques mètres devant, les hommes portaient fièrement leurs toques de fourrure, les cotons frangés, les pantalons aux genoux, les lévites brillantes croisées de droite à gauche, les souliers de cuir sans lacet. Le cortège était lent, obéissant à la grâce du shabbat, sa détente, ses trente-neuf interdits, sa dévotion à Dieu. Des résidences en briques rouges, plusieurs groupes se greffèrent tantôt aux femmes, tantôt aux hommes, et dans la démarche, toujours cette fierté d'appartenir au peuple qui a droit au shabbat.

Tandis que ses sœurs discutaient de leurs époux, Déborah leva les yeux et chercha le sien, le vit, la nuque fraîchement rasée, les papillottes longues et ondulées, la cordelière en soie brute nouée autour de la taille qui balançait au rythme du pas. Il était penché sur son père, Cheski Zablotski, longue barbe jamais taillée, bas blanc jusqu'aux genoux. David le soutenait dans la marche, le guidait vers le lieu de prières, lui parlait tout bas pour le rassurer. Miriam, sa mère, le lui avait dit, un homme érudit, fortuné, attentionné, Dieu l'a soufflé à l'oreille du *shadchen* qui l'a choisi pour toi, quel bonheur. Tu n'auras aucun souci, il va travailler toutes les semaines afin d'avoir ce qu'il faut pour *Shabbes* et te gâter durant les fêtes. Déborah, voyant l'entrée de la synagogue, rajusta sa dispendieuse perruque avec les index et les pouces. Les hommes arrivèrent les premiers, entrèrent dans le bâtiment au style architectural du quartier, passèrent dans l'antichambre, discutèrent tout bas et surtout pas des femmes, ce qui est interdit, puis se rendirent dans la salle d'assemblée où ils entamèrent les ablutions rituelles. Pendant ce temps, la jeune épouse et d'autres dames avaient emprunté leur propre entrée, puis rejoint à l'étage l'*ezres noshin*, la tribune qui leur était réservée. Déborah s'assit aussitôt, tandis que sa sœur cadette se rapprochait de la fenêtre d'où elle put épier son fiancé qui déjà couvrait sa tête de son châle en récitant la première bénédiction: «*Béni sois-Tu, Seigneur notre Dieu, Roi de l'univers, Toi qui nous as commandé de nous couvrir du vêtement frangé…*» L'*ezres noshin* se remplit peu à peu, dans le désordre et le bruit. Déborah ferma les yeux, ayant du mal à supporter les bavardages du samedi matin, surtout ceux qui répètent le soleil fort comme celui de juillet tout en comparant habilement leur tenue du samedi. Quelques instants plus tard, près de l'Arche de la Torah, le prêche déroula la sainte écriture, gardée dans un précieux étui de satin brodé d'or, puis les corps des hommes commencèrent à osciller, longtemps.

Elle ne pourrait y aller. En jour de shabbat, Déborah ne pouvait toucher ni penser à l'argent puisque la Torah, *la meilleure des marchandises,* ne peut être achetée ou vendue. Aujourd'hui, comme chaque samedi, elle ne s'aventurerait pas au-delà du quartier gardé par l'*éruv*, surtout, elle n'irait pas marcher coin Waverly. Elle resterait avec son mari, lui servirait le repas du midi, se reposerait avec lui, visiterait ses beaux-parents en fin d'après-midi et dans l'absence de musique et d'éclairage électrique, ils jaseraient en buvant du thé. La *zogerke*, une des rares femmes à comprendre l'hébreu, commanda aux fidèles de regagner leurs places et de se placer selon leur rang social d'avant en arrière, la lecture allait commencer et les femmes allaient répéter des textes qu'elles ne comprenaient pas. Il faisait chaud à l'étage. Les fenêtres qui donnaient sur la rue étaient masquées avec des cartons afin que les *goyim*, les non-juifs, ne puissent scruter l'intérieur. Les fidèles, alignées sur de longs bancs, se mirent à répéter des psaumes. Tandis que Déborah se concentrait pour suivre la *zogerke*, Rifky, sa sœur cadette, espionnait le maître de lecture professionnelle qui détaillait chaque mot de la Torah, chaque syllabe du texte à l'aide d'un signet en argent, car la main nue ne peut pas toucher le texte sacré. Elle tendait aussi l'oreille aux murmures, aux psalmodies, aux supplications des hommes. Elle avait dix-neuf ans. Elle avait dû attendre que Déborah se marie pour enfin annoncer les fiançailles. On ne se mariait jamais avant son aînée. Quelques mois à attendre, à rêver de la fête, et puis ce serait son tour d'enfiler la longue robe blanche à manches longues et d'emménager dans un appartement rue Querbes. Elle achètera une perruque qui imite l'aspect de sa chevelure mais qui attirera moins de regards sur elle. Elle connaît les règles de la pureté familiale, et sait comment, le vendredi soir, allumer les bougies. Une fois par semaine, la fiancée rencontre la femme du rabbin, qui lui enseigne la discipline d'une bonne épouse, l'assurant ainsi d'une vie sans tourment. Rifky était prête à se rendre sous le dais. Pour les années futures, Dieu s'en chargerait.

Les lectures étaient fastidieuses. Elles continuaient dans l'oscillation des corps masculins. Dans l'*ezrez noshin*, le bonheur transpirait sous la brillance des tissus de fêtes et sous les coiffes impeccables. Le samedi, les femmes goûtaient un jour interdit au travail, et à toute préoccupation. On ne touchait pas à l'électricité, on ne faisait aucune lessive, on ne conduisait pas de véhicules, on ne vérifiait pas les leçons des enfants. Comme plusieurs jeunes épouses, pendant les récitations, Déborah vérifia en silence que toutes les tâches à la préparation du shabbat avaient été accomplies. Hier, oui, elle avait réglé la minuterie qui éteindrait et rallumerait automatiquement les lampes du foyer, elle avait vidé le poulet, nettoyé, découpé, assaisonné le poisson, préparé la *sholent*, les fèves noires et les œufs, balayé le sol, lavé les boiseries, les tables, la bibliothèque, changé la literie, préparé les vêtements de son mari, n'avait pas oublié de poser sur le lit le châle de prière, d'acheter des fleurs pour les buffets. Lorsque quelques femmes sortirent pour bavarder, Déborah en profita pour saluer ses sœurs et sa mère, et elle quitta prématurément la synagogue pour aller dresser la table. Chez elle, la jeune femme rangea son manteau, inspecta son collier de perles devant la glace, posa une nouvelle couche de rouge très pâle sur ses lèvres, replaça son voile en soie grise, sortit la nappe brodée, les couverts sacrés, tâta le plat laissé au four depuis la veille, goûta le *kugel*, ce pudding de pâtes brunes sucrées et garnies de raisins secs et de cannelle. Puis elle s'installa à la table, attendit son mari, tournée vers le jardin.

Plus tard, après la sieste, Déborah et David se rendirent chez monsieur et madame Zablotski. La mère de David, serrée contre le *mezouza*, les accueillit, heureuse. Dans la salle de séjour, les jeunes époux se courbèrent devant le vieillard assis dans un fauteuil pelucheux, et ils s'installèrent près de lui. Madame Zablotski haussa le chauffage et posa sur la table en acajou des galettes de farine blanche, recouvertes de cristaux de sucre. Puis, elle alla chercher le thé. Le père et le fils entamèrent une discussion au sujet de la boulangerie rue Bernard, du jeune Nathan, fils de Volvy, de la vitrine qu'il faudrait rénover, du service de la matinée, et de celui qui remplacera le prêche à la fin de l'année. Madame Zablotski versa le thé, fait la veille, encore tiède, et posa la théière à côté d'un vase de fleurs artificielles. Elle incita sa bru à goûter une galette et lui resservit du thé à quelques reprises. Par la suite, Déborah répondit aux questions relatives au mariage de la belle Rifky, qui travaille encore à l'école, oui, jusqu'à juin, ensuite, elle va aider sa belle-mère dans la boutique de *Linen shop*. Madame Zablotski enchaîna sur les nouvelles de quartier, évoqua madame Hirsh qui vient d'avoir des jumelles, madame Wienberger qui déménage dans un logement plus grand, madame Klein qui voudrait marier sa dernière fille, si douce et calme, mais qui ne sait pas encore écrire le yiddish.

Le soir entra peu à peu et les bougies firent des petits feux sur la bibliothèque-vitrine, gardienne des nombreux volumes religieux. Pendant que sa belle-mère se levait pour quérir d'autres biscuits et disposer dans une assiette décorative venue d'Israël des quartiers de fruits enroulés dans du sucre, Déborah observait sur le mur tapissé les photographies de la boulangerie à l'époque de son ouverture, en 1948. Le même commerce, rue Bernard, avec *Cheski* peint à la main, en grosses lettres marron sur fond beige. Puis, sans oser tourner son regard vers les hommes, elle surprit les mots de son beau-père proposant à David un voyage à Amman, le mois prochain. « Il faut aller superviser la succession et la remettre à Levy l'aîné, il y a déjà des disputes, je ne peux y aller moi-même, je me sens si faible en sortant de l'hiver, Déborah restera ici, ta mère veillera sur elle. » La bru, qui s'imagina tout à coup autonome, se trouva mal, et son torse s'affaissa sur le bras du fauteuil. Sa belle-mère qui arrivait la redressa, et son époux s'inquiéta de ses si fréquentes faiblesses. La mère tâta le pouls de sa bru, le trouva lent, lui apporta un verre d'eau glacée. David n'osa se rapprocher d'elle, demeura assis, regrettait déjà son départ prochain, une femme abandonnée, c'était comme une femme stérile. « Tout va bien, les rassura-t-elle, je reprendrais du thé sucré, je vous prie. » « *Everything's fine, you're sure?* » demanda David en regardant le visage bleu et blanc de sa femme. « *Yish-koach.* » Les hommes durent bientôt partir pour la prière du soir, tandis que madame Zablotski raccompagnait Déborah jusque chez elle. L'air frais lui fit du bien, et arrivée rue Durocher elle parut franchement mieux. Rebroussant chemin, sa belle-mère se réjouit, croyant que sa brue était enfin enceinte.

Après le service, David ne traîna pas dans l'antichambre. Il se dépêcha de rejoindre sa femme, qui avait allumé les chandelles et l'attendait pour le dîner. Dès qu'il fut entré ils se dirigèrent vers la table, et l'époux entonna le Cantique à Élie. Puis ce fut le tour de Déborah d'entamer la prière: «*Sois béni, Seigneur notre Dieu, Roi de l'univers, qui nous a sanctifié par Tes commandements et nous a ordonné de faire briller la lumière du shabbat...*» Cachant ensuite ses yeux de ses mains pour leur cacher l'éclat des flammes, elle prononça en silence sa propre prière, dictée par son cœur... Elle hésita, elle pensa à Jan, *Jan Sul-ski,* c'était injurieux, elle se mordit l'intérieur de la joue tandis que David bénissait la *khale* et tranchait le pain à l'aide du couteau nacré sur lequel était gravé: Saint-Shabbat. Puis elle l'imita, en trempa un morceau dans le sel. Ils mangèrent en silence la soupe et le poulet attiédis qui marquaient la fin du jour saint. On entendait les cuillères au fond des bols et, dehors, quelques chants d'enfants qui passaient en landaus. Le *kugel* terminé, David inspecta ses ongles, trempa ses doigts dans quelques gouttes de vin, les passa sur ses paupières, derrière ses oreilles, puis versa le vin sur la chandelle pour l'éteindre. Ensuite, il se tourna vers elle, lui souhaita à voix basse *a gute vokh*, une bonne semaine, tout en se levant de table et se dirigeant vers la bibliothèque. La femme passa alors de la plus belle pièce de la maison à la cuisine, nettoya les plats, rangea la chandelle faite de cire tressée, le gobelet en argent, la nappe tissée, et monta se dévêtir des vêtements de fêtes, qu'elle replia avec soin. Revenant près de David, elle s'assit sur une causeuse. Puis se mit à pleurer, une habitude propre aux femmes les soirs de fin de shabbat.

Avant qu'elle ne sombrât tout à fait dans le sommeil, Déborah entendit le chuchotement de son mari sous le vêtement frangé. C'était la prière qui précédait le basculement du corps de l'époux sur celui de la pureté.

7

La classe était propre et rangée comme au premier jour de septembre. Les douze ans avaient attribué des tâches à chacune et en deux heures, le plancher était brillant, le coffre aux trésors introuvable, le grand bureau de la maîtresse frotté avec beaucoup d'eau et de bulles, le tableau épongé. Dans les fenêtres pendaient de gros flocons de papier et sur chacun des pupitres, une décoration spéciale qui servait de réceptacle aux « *mums messages* », pliés en sept : « *Dearest mummy, hello! Hope you hear only good things about me... It's exactly 3h28 so I better leave because Mme Alice is waiting for me. Good luck. Don't forget to write back to me on the reverse. Love, Dassy* ».

À la rencontre des parents, nous n'attendions que les mères puisque c'étaient elles qui s'occupaient de l'éducation des filles. À l'entrée, Rifky, mouchoir en main, accueillait les invitées et tentait de les diriger vers les classes. Alors que les hommes gardaient les enfants dans les maisons d'Outremont, les femmes arrivaient en petits groupes, parées pour une sortie publique. Délicats petits sacs sous le bras, châles en mohair ou foulards de soie à motifs, gants de cuir, bonnets habilement placés sur perruques noires, brunes, parfois châtaines, jamais blond clair, ni rousses, les mères jasaient longtemps, très longtemps de Pâques qui venait, des grandes vacances, des nouveau-nés et des fiançailles, avant de se rendre à l'une des classes. Au fond du trois cent sept, j'étais assise au pupitre de Perle Monheit, mur vitré, tandis que la professeure de yiddish, Mrs. Adler, siégeait au bureau de la maîtresse. Les mamans souhaitaient entendre que tout va très bien, que leur enfant est autonome en classe et a beaucoup d'amies. Elles ne voulaient pas apprendre qu'il faudrait de l'aide supplémentaire à la maison, car les mères n'avaient pas le temps avec les six, sept, huit petits dont il fallait prendre soin.

Mrs. Adler gardait la tête enfoncée dans son cahier de notes. Moi, je regardais la nuit, les fenêtres et, dans leur reflet, des flocons de papier mais aussi une dizaine de fruits colorés au marqueur.

— Madame, avait proposé Hadassa quelques semaines auparavant, on va faire des fruits parce que demain c'est leur fête et à la maison on va acheter environ trente sortes différentes. La fête des fruits est un jour qu'on remercie le chef des juifs pour faire pousser autant. Toi tu connais «l'étoile»? Dehors c'est vert et quand on l'ouvre c'est la forme d'une étoile?

Une invitée entra et se posa en face de Mrs. Adler. La suivante vint vers moi et je me souvins de ne pas lui tendre la main. Son visage blanc et roux me fit penser à celui de Libby et je ne me trompai pas. Mme Rosenberg, obèse aux yeux agités se présenta en s'assoyant, posa sa main potelée sur le pupitre, puis me fixant attendit que je lui parle. Mère de sept filles et trois garçons, Mme Rosenberg était caissière chez Lipa, épicerie kascher appartenant à son mari. Poignet posé, ses doigts tapotèrent.

— Vous savez, commençai-je, votre fille pleure très souvent dans la classe.

— *Ya, I know, she cries all the time at home. I don't know what to do. She has always been like that, so fragile*, me répliqua-t-elle en se remuant sur la petite chaise au dossier orange.

Si les hommes se concentraient sur la religion et très peu sur la culture païenne, les femmes se débrouillaient en français comme en anglais.

— Elle me demande presque deux fois par jour d'aller aux toilettes et c'est difficile parce que je ne donne pas la permission aux autres...

En un instant, Mme Rosenberg rougit, s'énerva et haussa le ton :

— *You HAVE to let her go whenever she asks. The doctor said she had problems. You HAVE to let her go*, répéta-t-elle, agacée.

— Je suis très fière de Libby, pour les tests de mathématiques, repris-je, déroutée, je vois qu'elle étudie très fort...

— *Yes, it's the only subject she can handle* (Les doigts tapotèrent de nouveau.) *She has always been good in math, so easy for her. Where is her desk ?* (Elle se leva et le dossier orange frappa le pupitre d'Ester.)

— Là, juste là, dis-je faiblement, elle a laissé un message pour vous...

L'obèse sur talons retira une lettre présentée dans une fleur en papier, la fourra dans sa poche, en ressortit un petit calepin dans lequel elle nota deux trois mots, le rangea, quitta la classe et Mrs. Reinman apparut. Manteau posé sur le bras droit, poudre rose sur les joues, bas brun clair et bottillons d'hiver.

— *Hi, sorry I don't speak French very well, but I can understand you. You know, I stopped school a while ago…*

— … Yitty est une élève adorable dans la classe, elle aide souvent celles en difficulté, elle est très respectueuse envers moi et les filles… commençai-je.

Mrs. Reinman écrivit quelques phrases dans un mini-calepin afin de ne pas oublier ce que les professeures auront dit sur ses quatre filles. Aussi, vers vingt et une heures, dans les chambres à coucher auprès des lits superposés, elle pourra leur confier les commentaires.

— *She is such a brilliant child, she is exactly how I was at her age. She helps me too in the kitchen at home, she is a wonderful girl. I thank you for the hard work. But… let me ask you a question…* Mrs. Reinman rapprocha son visage du mien et diminua sa voix. *What about those books with little blue men that Yitty always talks about? We don't like these kind of things. I hope you understand what I mean…*

La maman se redressa et d'une voix douce et calme conclut :

— *Where is my daughter sitted?*

Plusieurs mères se succédaient, traînant des carnets, parfois chocolats ou bonbons qu'elles déposaient dans les pupitres. Je n'avais pas à justifier les notes, et les échanges étaient tous brefs. Il me semblait même que les femmes passaient plus de temps dans les couloirs que dans les classes, et dans celles-ci, plus de temps auprès des professeures de yiddish que de celles de français. Le menton appuyé sur une paume, je les regardais défiler devant notre porte. Puis arriva celle que j'attendais. Sur la pointe des pieds, elle se faufila entre les rangs, posa ses quarante-cinq kilos devant moi et ses yeux noirs me sourirent.

— Asseyez-vous je vous prie, dis-je à Mrs. Teresa Horowitz qui n'occupa qu'un bout de la chaise.

Les traits de l'enfant apparurent sur ceux de sa mère et je fus prise d'une émotion troublante lorsque je décelai, tout près de la tempe, des veines bleues qui, sur la toile du front, formaient une étoile.

— *Madam*, commença-t-elle avec une voix claire. *Dassy has you in her heart.*

La phrase avait été dite. Une révolution. J'étais dans le cœur d'Hadassa, j'étais dans un cœur de petite fille juive, même si en dehors de l'école je portais des pantalons et faisais de la bicyclette, même si à mon âge, *it is so suprising*, je n'avais ni enfant ni mari, même si dans le tiroir de mon bureau je ne gardais pas de livre biblique, je ne fêtais pas Yom Kippour, ni Hanoukka, ni Pourim, ni aucune autre fête juive. *Dassy has you in her heart.* La phrase, je le savais, allait s'installer quelque part et rester pour toujours.

— *She always talks about you. The French teacher this, the French teacher that.*

Pendant les mots inespérés, impensables, les longs cils papillonnaient, et son visage pencha une fois à droite, puis à gauche. Le reste de notre rencontre n'eut aucune importance, l'essentiel ayant été dit. *Hadassa has you in her heart she always talks about you.* Je l'imaginai, perchée sur la causeuse du living-room, yeux sur la rue Bloomfield, robe de nuit en flanellette avec dans une main, tout près de sa petite bouche rouge, un toast avec confiture de fraise.

Le lendemain, Hadassa m'accueillit à l'entrée, derrière les portes vitrées, nez écrasé contre la vitre froide, bec collé créant une auréole de buée. Lorsqu'elle me vit, elle se recula, m'ouvrit la porte, et j'entrai avec le froid immense partout sur mon caban fuchsia.

— Madame Alice! ma maman est venue voir toi? demanda-t-elle, alors que je retirais ma tuque, troublée de la voir là.

— Bonjour, Hadassa. Oui, je lui ai parlé.

— Elle avait son manteau?

— … Je ne sais plus, j'ai rencontré tellement de mamans!

Je me souvenais de sa petite taille, son étoile, mais sa tenue, non, rien.

— Oui, mais tu te rappelles pas si elle avait son manteau? insista-t-elle.

— Non, pourquoi Hadassa?

— Parce que je voulais qu'elle le mette pour que tu voies, il est très *shta-tzi.*

— *Kim* c'est *viens, git* c'est *bon, a gitten* c'est *bonjour*… et *shtatzi,* c'est *chic*?

L'enfant remua la tête de haut en bas engloutissant un biscuit caramel-guimauve.

— Tu apprends beaucoup yiddish, madame, observat-elle en rentrant son index dans sa bouche afin de déloger un morceau de biscuit coincé entre la gencive supérieure et l'appareil dentaire.

Je la suivis ensuite dans les escaliers qui nous menèrent au gymnase où j'étais en surveillance jusqu'à midi vingt. Hadassa se dirigea vers les plus jeunes qui jouaient à la cachette sous les longs bancs de bois. Elle s'appuya contre un mur, remonta un pied derrière elle, plongea sa main dans son sac de biscuits caramel-guimauve. *Hadassa has you in her heart. She always talks about you.* Les élèves couraient dans tous les sens. Je posai mon sac et parcourus le spacieux mais sale terrain de jeux. Le groupe de sixième s'amusait à la corde à sauter. Libby et Traney tenaient les bouts, et mes élèves sautaient, chantant et comptant en yiddish. Je fis le tour du gymnase, lentement et bras croisés derrière le dos, puis m'approchai.

— Madame, tu sais quoi? demanda-t-elle la première. Je suis très *excited*. Tu sais pourquoi? Demain, c'est mardi, et chaque mardi, ma mère *order* pizza. Moi je aime beaucoup la pizza. Demain je vais manger très beaucoup de *slices*!

Yitty trottina vers nous, ce qui fit fuir Hadassa. Sourcils arqués, elle m'interrogea sur la rencontre que j'avais eue avec sa mère, de ce que nous allions faire durant l'après-midi, si j'aimais sauter à la corde, à quelle heure je m'étais réveillée, si je prenais le métro le soir... Je discutai avec elle tout en traversant le gymnase, louchant sur Dassy, qui à l'entrée dégustait encore ses biscuits tout en observant les allées et venues des grandes dans le couloir. Dos à la salle, ses maigres épaules pointaient sous le tricot bleu pâle.

L'hiver continuait de tomber dans les fenêtres de notre classe. J'étais troublée. Au milieu des élèves qui composaient des vers. Indépendantes, les filles cherchaient dans les dictionnaires des synonymes, des rimes et des jolis mots tout simples. *On commence à prendre un seau, et un bonhomme de neige on fait, oh c'est beau! Après on rentre, on prend un verre de lait, et ça me plaît.* Dassy n'écrivant pas, je saisis l'occasion pour m'accroupir près d'elle :

— Alors Hadassa, tu n'as pas d'idée ?

— Non, ma tête est vide, toute vide, me dit-elle couchée sur un bras.

— Tu aimes l'hiver ?

— Non, moi je aime jouer avec les poupées.

— Alors écris un poème de poupées.

— Je peux ? L'enfant, tout à coup excitée comme un jour de shabbat, agrippa son stylo avec une corde fluorescente et inscrivit son prénom sur une feuille.

Je me promenai entre les rangées, et fières, les filles me tendaient leur poésie : *Je vais à l'école avec Suri mon amie, à lui faire voir mon manteau j'ai fini, à ses amies elle dit, que j'ai un manteau en poil de souris !…* Traney la silencieuse tergiversa, puis me fit voir son or : *Regarde qui vient ! Le loup ! Il va manger les choses sous les cailloux, il va manger tout, même les poux, tout ! Il vient tout le temps, avec ses grosses dents, il en a peut-être cent, il peut courir comme le vent.* « Magnifique, lui chuchotai-je. Et toi, Nechama ? » : *C'est l'hiver et très divers, on met les crapauds sur le dos, on met les pantalons, sur les talons, neige est étanche sur les branches, les rivières ont beaucoup d'air, ce n'est pas chaud alors vite les manteaux…*

Depuis la rentrée, les filles traçaient sur chacune des feuilles reçues un verset abrégé en hébreu. Pour la première fois depuis des mois, je me décidai à en demander la signification. M'arrêtant au pupitre de Gittel qui appartenait à la famille la plus orthodoxe de la classe, je posai mon doigt sur sa copie et n'hésitai plus :

— Pourquoi tu écris ceci ?

Gittel prononça quelques mots en yiddish, lesquels attirèrent l'attention de plusieurs sur nous. Elle articula :

— Tu veux savoir, madame ?

Gittel regarda sa jumelle qui lui sourit, puis se tourna vers les filles, qui se consultèrent calmement. J'attendis. J'avais pris l'habitude. Hadassa était retournée sur sa chaise, stylo en bouche. Puis elles se turent, et Gittel expliqua :

— Nous, on écrit ça toujours pour vivre très longtemps. On veut vivre jusqu'à cent vingt ans, comme Moïse. Nous on fait ça.

Et puis, elle sembla hésiter et rajouta :

— Toi, tu n'as pas le droit de l'écrire. Juste nous on peut le faire.

Les dix-neuf enfants observèrent ma réaction. Je fis de mon mieux pour paraître neutre.

— Madame ! cria Hadassa. Viens voir, j'ai fini. *Zissy et moi. J'avais une fois une poupée son nom était Zissy. Nous avons joué ensemble et même mangé le souper. Ça s'est passé le jour quand nous avons couru dans la cour. Moi je disais des tours et Zissy répliquait. De ce jour ça n'a jamais été le même, je n'ai pas des amies personne m'aime, tous les jours je veux pleurer, j'attends qu'elles viennent s'excuser. Un jour c'était, je pense le 15 de juillet, Zissy on m'a achetée, j'étais très contente, aujourd'hui je l'ai pour m'amuser.*

— C'est bien, madame ?

— Oui, c'est excellent.

— *Hadassa Horowitz has to go home.*

La voix dans l'intercom n'était pas celle de Rifky, mais celle de la secrétaire au sourcil unique. L'enfant rangea sa poésie dans une chemise, son crayon et sa gomme à effacer dans le porte-crayon, vite vite se leva, au revoir madame, je dois aller aider ma mère pour laver la maison. Dassy embrassa le *mezouza*, se précipita dans le couloir, mit son manteau chaussa ses bottes dévala les escaliers entra dans le taxi, *Yes, I am Mrs. Horowitz daughter.*

8

Soleil de treize heures. Érable encore nu. Balcon avant en fer forgé. Sur un tabouret de piano, jus d'orange avec extra pulpe, expresso, tartine beurre confiture, bouquin lu à moitié, *Le délire américain*. En chaussettes de laine, enroulé dans un jeté, Jan écrivait, réfléchissait, raturait, goûtait, composait depuis une heure. Le téléphone sonna, il se leva et réapparut avec le combiné.

— *Moj kochany... W porzadku*?

— Je vais bien *dziadziu*... Je suis sur mon balcon, *jest ladnie*. C'est le printemps déjà!

— Nous pas. Tu connais la région... qu'est-ce que j'entends?

— *Tears of Israël*... Un classique klezmer.

— Et ton week-end au lac Mégantic?

— Eh bien on est revenus hier soir, tout s'est très bien passé, on a logé chez Marc le cousin de Charles, qui a un chalet au pied d'une montagne. On a fait une superbe rando de quinze kilomètres, on a joué aux fléchettes, au Scrabble, on a bu du bon vin... enfin c'était génial. Je vais t'envoyer des photos cette semaine. Et toi... quoi de nouveau?

Dziadziu-canine-en-or avait rarement du nouveau. Depuis le décès de mamy, il demeurait des journées entières à rêvasser en face du téléviseur. Il regardait aussi les albums de photos, téléphonait à ses petits-fils, Jan et Salvaj, et attendait les visites de la ménagère Piotra, qui ne venait que deux fois par semaine. Parfois, lorsqu'elle avait le temps, *dziadziu* l'envoyait chercher une bouteille à la cave, et ils buvaient un verre. Linge sur l'épaule, Piotra s'assoyait près de lui pour lui raconter des bouts de vie sicilienne. Ça passait le temps, ça faisait voyager et oublier la silicose.

— Tes élèves de piano ne te manquent pas?

— *Nie*. Je suis heureux, papy. Ne t'inquiète pas pour moi.

Puis il pensa à l'ennui. La solitude de *dziadziu*. Et la demande l'attrista.

— Tu me téléphones au moindre souci, n'est-ce pas? rajouta monsieur Sulski. Allez, c'était un petit coucou, je te fais de gros bisous, *do zobaczenia*.

Et avant qu'il ne raccroche, Jan l'interrompit.

— Euh… dziadziu? Je… enfin, durant ton enfance, tu habitais près de Roztocze, n'est-ce pas?

— Et alors?

— Eh bien, vous parliez aux juifs?

— *Tak*… euh… non, en fait non, on ne leur parlait pas vraiment, mais quand on se rendait en ville pour faire des courses, ils tenaient la majorité des commerces alors il fallait bien s'adresser à eux. Ils étaient riches, bien plus riches que nous. Durant les vacances d'été, dans la campagne de Zakopane, il y en avait beaucoup, ils s'entassaient dans des villas avec tout plein d'enfants. Mais il y a eu la guerre *moj kochany*, et je me suis marié avec mamy… la belle mamy, si jeune à l'époque…

— Le nom Zablotski, ça sonne comment?

— Il y a des juifs dans ton quartier?

— Oui, beaucoup. Alors… Zablotski?

— Ashkénaze… peut-être hongrois, polonais… ou alors russe.

— Hmm…

— Je savais bien qu'il se passait quelque chose depuis quelque temps. Je te sens, depuis que tu es tout petit, je te sens mon petit. Dis, comment elle s'appelle?

— Déborah, Déborah Zablotski.

— Mon grand rêveur! Tu me fais penser à mon frère… Ah! on sonne à la porte, c'est Piotra qui vient pour la lessive, je dois te laisser… Tu es là demain?

9

Je montai les escaliers, au premier palier fixai le portrait de Rabbi Learner, ensuite m'engageai dans le secrétariat.

— *What do you want?* me questionna Léa au sourcil unique.

— Quelques photocopies…

— *The machine is still broken*, émit-elle sèchement, reprenant le combiné de téléphone.

Je saisis quelques documents dans mon casier, des mémos, des copies corrigées, et une enveloppe sable et dorée. Avant de sortir, je me tournai vers Rifky qui lisait coudes appuyés sur son bureau. Nos regards se croisant, j'en profitai pour lui demander s'il s'agissait d'un roman. Elle se mit à éternuer, se gratta l'œil gauche, se pinça le nez, posa ensuite devant elle sa bible recouverte d'un plastique blanc et m'annonça qu'elle priait.

— Tu aimes lire des romans? ajoutai-je, ne sachant si je devais m'avancer.

— Oui, dit-elle, mais plus des *short stories*. Ça va plus vite.

— Elles sont traduites en yiddish?

— Oui, mais surtout en anglais.

— Les garçons lisent aussi? fis-je, curieuse et me rapprochant enfin.

— Non, parce qu'ils ne savent pas aussi bien lire que les filles. Ils sont meilleurs en hébreu. Avant, moi je lisais beaucoup de romans. Maintenant je n'ai plus le temps avec toute la préparation de mon *wedding*...

La nouvelle me saisit. Rifky porta son mouchoir au coin de sa paupière, épongea une larme, puis, ne me quittant pas du regard, elle se renversa sur sa chaise en mordant sa lèvre inférieure avec ses dents. Le soleil d'avril illumina sa chevelure aux reflets cuivrés. Jour après jour, Rifky demeurait une énigme. Se joignant aux professeures de français plusieurs fois par semaine pour la courte période des récréations, elle répondait également à plusieurs de nos curiosités, souriait abondamment, et s'inventait messagère entre les deux clans : Madame une telle a dit que l'élève une telle va tel jour sortir à telle heure. Il m'était arrivé aussi de la croiser dans le quartier, et, un instant, elle s'était arrêtée pour me saluer poliment. Interdite, je me demandai si une fois mariée, elle allait quitter l'école et, surtout, perdre sa clémence.

— Félicitations... bredouillai-je, me retirant.

J'ouvris les fenêtres pour aérer la classe. Rangeai quelques bouquins dans le coffre aux trésors, classai mes documents, préparai la leçon d'histoire. Je lus quelques paragraphes du manuel de l'enseignant et me demandai comment j'allais pouvoir intéresser les élèves. Je les entendis venir dans le couloir, puis ouvris l'enveloppe qui avait été glissée dans mon casier :

Mr. and Mrs. Adolf
Mr. and Mrs. Honing
request the honor of your presence
at the marriage of their children Rifky and Aaron.
Tuesday, the twenty-sixth of May 26.
Chupah at seven o'clock sharp
Simchas Choson V'Kallah at nine thirty
Le Ballroom
5243 Conrad Avenue
Return cards we do not send for we hope you will attend

— Madame, tu vas venir? Tu sais danser comme nous? Quoi tu vas acheter pour cadeau? C'est la cousine de Hadassa et Nechama tu sais ça?! Quoi tu vas porter?

Les filles s'excitèrent. Quelques-unes bondirent. Madame viendrait au mariage de Rifky où il y a tous les juifs. Nous on va aussi être là, tu vas voir tout comment ça se passe. Tu es déjà allée à un mariage juif?

Je négociai longtemps le silence avant de pouvoir entamer et vulgariser une leçon.

— … Au 17ᵉ siècle, les Européens sont arrivés ici pour pêcher, faire le commerce de la fourrure et cultiver des terres. Il y avait principalement les Français et les Anglais, qui sont venus par bateau. C'est pour cela qu'aujourd'hui, les Québécois ont des noms de famille qui viennent de la France, et les anglophones des autres provinces ont hérité les leurs de l'Angleterre.

— Quoi ça veut dire arbre généalogique? m'interrompit Yitty, qui pointait ce nouveau terme dans le manuel *Histoire de notre province*, 1981.

— Comme le fait remarquer Yitty, l'arbre généalogique que vous voyez sur la page de droite nous aide à visualiser la descendance de chaque individu. Par exemple, on peut faire des recherches sur un nom de famille et apprendre qui était le premier à arriver ici par bateau. Sur les branches de l'arbre, on peut mettre les noms des ancêtres d'une personne et remonter très très loin. Dans cet exemple de la page trente-deux, qui a fait son arbre généalogique?

— Monsieur Jean Belœil, déclara fièrement Yehudis, et il est arrivé à Port-Joli en 1642.

— Très bien. Voit-on de quel pays il arrive? Oui… de Bretagne, une région française.

— Mais, madame, s'exclama Malky, les noms qu'on voit ici ont du sens!

— Tu as raison… alors que peut-on imaginer sur les ancêtres, les premières personnes qui ont reçu ces noms? Oui, Yitty.

— Belœil, dit-elle en riant, c'est qu'il a des beaux yeux!

Nous venions de quitter le cadre scolaire.

— Oui… et le nom Chateaubriand, continuai-je, amusée.

— Qu'il habite dans un château avec beaucoup de lumières! hurla Ester.

— Oui, c'est bien possible. Et toi, Simi, le nom de ton père, que veut-il dire? improvisai-je.

— Richman. Mon père s'appelle Yakov Richman. Rich, ça veut dire riche! Mon père est riche! C'est vrai parce que notre famille a beaucoup de diamants en Belgique et tous mes oncles travaillent là-bas.

Son propos monopolisa l'attention de toutes et je les laissai converser librement.

— C'est vrai! dit Perle, toi tu es riche, très très riche.

Les enfants se plaisaient à entendre cette vérité sur les Richman, une vérité qu'elles connaissaient, qu'elles jalousaient plus que tout.

— C'est pour ça, madame, Simi a une grosse piscine et une maison comme un château.

L'argent était un sujet qui revenait constamment dans la classe. Les termes monnaie, dollar, riche, cadeau très cher, beaucoup de bijoux, alimentaient les conversations de chaque semaine. La famille Richman, mais aussi Adler, Schwitzer, Weiss, Moskowitz, toutes celles du quartier associaient la possession d'argent à la vertu, car les gens aisés avaient les moyens d'observer et d'accomplir les règles de la Torah avec générosité. Le vertueux était un homme bien vêtu, bien nourri, entouré d'une famille pourvue. Il donnait très beaucoup à la charité de Pourim, et pendant toute l'année. Les enfants apprenaient que l'argent était une chose bonne et importante. Les récompenses et les cadeaux se faisaient sous la forme de billets et la punition la plus fréquemment infligée aux familles par le rabbin consistait en une amende à verser aux œuvres charitables.

— Un autre, dis un autre, madame, réclama Blimy, alors que Hadassa entrait, avec ses trois abcès buccaux recouverts de crème lustrante.

— D'accord… Hummm, le nom Couturier.

— Quelqu'un qui fait les vêtements ? trouva Blimy. Comme le père de Yitty ?

— Peut-être, répondit l'enfant à la peau jaune, assise sur ses semelles, peut-être mon père s'appelait Couturier et il a changé de nom ! énonça-t-elle en rigolant.

Puis, lorsqu'elle constata que personne ne riait plus, elle devint sérieuse, presque sombre et se reprit :

— Madame, non, mon père est juif, il a un nom pour les juifs : Reinman. Oui, un nom ashkénaze de Allemagne. Pas Couturier, parce qu'il ne vient pas de France.

— Madame, intercéda Nechama. Pour nous c'est pas le même. Après la guerre il y en a qui ont choisi un nouveau nom pour changer le *passport* et pouvoir prendre le bateau. C'est ma mère qui a dit. Alors on peut pas faire l'arbre *génélologique*. Moi, je peux pas et c'est pas *fair*. *So* pourquoi tu enseignes ça à nous ?

10

DANS LE SQUARE, le gazon jaune, gorgé d'eau, fleurait le printemps, mais aussi la neige, une dernière chute de neige encore à venir. Déborah, assise sur un des bancs qui entouraient le bassin, était penchée sur une lettre en papier suffisamment rigide pour contrer le vent de seize heures. Elle lisait, relisait, déraisonnait. Il y a une heure, elle s'est approchée de la caisse pour payer les oranges à presser. Ça s'est passé comme d'habitude, ils se sont regardés longtemps, ils ont eu peur, ils ont aimé cette peur-là qu'ils ont l'un de l'autre, à la folie. Et puis, devant elle, Jan a glissé dans le sac de fruits une enveloppe rose vif, et il lui a souri. Elle a saisi le sac avec la lettre couchée sur les oranges, a dit *Thank you*, lui l'a suivie sur le tapis rouge, l'a devancée afin de lui ouvrir et a franchi la porte à son tour, afin de la regarder s'éloigner, chevilles hésitantes sur le trottoir.

Déborah entendit des voix qui approchaient. Celles des fillettes du *héder* qui mêlaient le yiddish et le français. Se retournant, elle aperçut près des enfants la maîtresse, avec des cheveux longs jusqu'à la taille, et le regard des deux femmes se croisa. La maîtresse reconnut la grâce du béret de la dame, le *shaytèl* immobile, coupe carrée, elle la fixa un instant, lui imagina une vie paisible, sans tourment, et auprès d'elle un homme à papillottes qui ne la quitterait jamais. Déborah, elle, identifia ses cousines Néchama et Hadassa, froissa la lettre et l'enfonça dans la poche de sa veste noire, puis inclina son corps vers l'avant, cachant son front longtemps sur ses cuisses. Les enfants ne purent se rendre aux jeux, la professeure les rappela, et le groupe quitta le square qu'il traversait. Déborah hésita, se redressa lentement, scruta les lieux, se rassura, sortit et défroissa la lettre, qu'elle relut.

Une rencontre le lendemain soir, en face du bassin, il viendrait la voir, à vingt heures trente. Il souhaitait lui parler, il ferait noir, personne ne verrait rien, personne ne saurait, venez, je vous prie, *venez quand il fera nuit, je parlerai tout bas, vous pourrez garder le silence, ne rien répondre, seulement être là, près de moi, sur le banc entre les deux peupliers, please come, I'll be waiting for you.* Les doigts tremblaient sur le rose vif du papier. Et les yeux bleus rayés de vert. Elle posa une main sur sa poitrine, elle s'imagina parcourir le quartier en pleine obscurité, reconnaître depuis la rue la grandeur de l'homme assis là qui l'attend. S'asseoir sur le même banc, venir entendre ce qu'il a à dire.

11

Dans le *landau land*, on était toujours entre deux célébrations, avant la fête ou après la fête, *far yontev*, ou *nokh yontev*. Lorsque les costumes de Pourim étaient rangés dans les placards, la longue préparation de Pâques débutait. Lors des huit jours de célébrations pascales, le commandement biblique interdisait de posséder le moindre aliment à base de pâte levée ou susceptible d'entrer dans un processus de fermentation. Assistées des *Bat Mitzva*, les mères procédaient donc, entre février et avril, à la *kaschérisation* des foyers. Pendant des semaines, les murs, les planchers, les pièces, tous les meubles, les matelas, les coussins, les vêtements, les armoires, les jouets et objets devaient être purifiés à l'eau bouillante afin d'éliminer toute trace de levain. On sortait également la batterie de cuisine et la vaisselle de Pâques, qui ne servaient que huit jours par an dans la diaspora. En matinée, Mrs. Adler enseignait l'Exode, depuis la souffrance due à l'esclavage égyptien jusqu'à l'intervention divine qui avait restauré la dignité du peuple hébreu. Le grand miracle, le passage de la mer Rouge, et le voyage dans le désert jusqu'au pays ruisselant de miel et de lait leur était enseigné, inculqué, récité.

Au gymnase, un buffet collation avait été commandé pour les classes du primaire afin de célébrer la fin du trimestre et le début du congé. Il n'y avait pas les pains azymes, symboles de la nourriture du désert et de l'époque de Pâques, mais du maïs soufflé, des bonbons, des jus de fruits, des mandarines, des raisins secs, des bâtonnets de fromage sur des biscottes, des yogourts. Les enfants se ruèrent sur les tables, tandis que les professeures de français se regroupaient pour jaser des projets de vacances. Flânant, j'épiai Hadassa qui engloutissait un gâteau à la crème près de ses sœurs Miriam et Déborah. Les mêmes peaux fragiles et blanches, la présence des veines partout sur les visages, et les cils, magnifiques. Les élèves couraient en rond en tenant des friandises dans leurs mains. Quelques-unes sortaient des longs élastiques et sautaient entre deux jets de maïs soufflé. Le gymnase se transforma rapidement en aire de jeu et de sucre où la surexcitation éclata en hurlements, chutes, escalades.

— Dans quelques jours c'est Pessah, toi tu sais Pessah?

— Pâques, traduisis-je à Malky.

— Oui, elle sait! rembarra Yitty. Madame prend des livres sur les juifs à la bibliothèque, elle sait très beaucoup de choses sur nous.

Hidden beauty s'approcha avec une moue terrible.

— Qu'y a-t-il, Hadassa?

— Il n'y a plus de yogourt aux fruits.

L'enfant croisa ses bras sur son ventre, tapa du pied, s'énerva, s'apprêtait à pleurer.

— Viens avec moi, on va aller voir, proposai-je.

Elle me suivit, lèvre inférieure retroussée sur la supérieure. Nous cherchâmes sur chacune des tables, sous les montagnes d'assiettes en plastique, derrière les corbeilles de mandarines, près des jus, dans les boîtes. Non, c'était vrai, il n'y en avait plus.

— Mais regarde ici, tentai-je, du yogourt nature, celui-ci est excellent.

— Non, j'aime pas. J'aime juste avec les fruits.

— Il y a des sachets de sucre, on va en mettre un dans le yogourt.

Et sans attendre de réponse, j'opérai. Je saisis ensuite une cuillère en plastique, le brassai et enfin le lui proposai.

— Non, madame, je peux pas prendre ta cuillère. Je dois prendre une autre parce que tu as touché à la nourriture.

— En voilà une nouvelle… Tiens.

L'enfant goûta. À peine sa langue effleura le yogourt qu'elle s'exclama :

— Brrrrr… je *hate* !

— D'accord, eh bien prends autre chose, il reste des bâtonnets de fromage…

S'éloignant vers la table voisine, elle croisa Gittel qui dégustait son yogourt aux fruits, se braqua vers moi et se plaignit :

— Regarde quoi elle a !!!

Sans bouger, Gittel continua son festin de yogourt aux fruits, approchant lentement de sa bouche des cuillères généreuses et bientôt gratta le fond du petit pot sans que Hadassa ne le quitte des yeux. Et puis, oui, Hadassa devint une enfant sauvage et jalouse, profondément troublée. Une révolte qui sembla provenir d'une caverne en cœur rouge. Pointant Gittel du doigt, elle gueula :

— JE VAIS CHANGER D'ÉCOLE ! JE VAIS PLUS JAMAIS VENIR ICI ET PLUS VOIR LES FILLES !

Et Hadassa, visage bleu et rouge, déserta le gymnase sans embrasser le *mezouza*. Les élèves me dévisagèrent, étonnées, puis se servirent au buffet avant d'aller s'asseoir dans le coin du gymnase réservé aux plus grandes du primaire.

— Hadassa... Hadassa...

Elle était à sa place, ses yeux fixant ses souliers de cuir patiné sous le pupitre. Je m'arrêtai sur celui de Yitty, et observai Dassy longtemps, ne sachant comment la consoler. J'aurais souhaité qu'elle allonge ses bras autour de mon cou, j'aurais voulu lui dire viens, on sort d'ici, mets ton manteau bleu, tu gardes tes souliers, c'est d'accord, viens, je vais te porter pour ne pas mouiller tes petits pieds taille quatre et demie, je t'emmène chez moi ; dans mon frigo j'ai un pot de yogourt aux fruits rouges, quand on le brasse, il devient rose, on va s'asseoir dans la cuisine pleine de soleil, je vais te servir un gros bol, on va discuter doucement, oui, j'ai des livres de Schtroumpfs et des Martine, tout neufs, des dizaines pour toi ; après la collation, on va s'asseoir sur mon lit, on va s'étendre, tu vas poser ta tête sur mon cœur et je vais te les lire, les uns après les autres, avec beaucoup de *expression*. Dassy, pourquoi pleures-tu comme ça ?

Les sanglots redoublèrent. L'enfant grelottait voûtée sur la surface du pupitre, ses épaules osseuses se contractaient comme des cailloux qui dribblent sur la rivière. La moue, les soupirs, les cernes au-dessus de la moue, et les cheveux, très *messy*.

12

Quand la porte fut refermée, la femme s'assit sur une causeuse, totalement *kaschérisée*. Son époux pouvait revenir le lendemain, toutes les pièces et les objets étaient impeccablement désinfectés. Pour la veillée pascale, elle avait fait les courses, des herbes amères qui symbolisaient l'amertume de la vie des juifs prisonniers des Égyptiens, la pâte de fruit épicée pour figurer l'argile employée par les esclaves lors de la fabrication de briques, et des pains azymes, rappelant que les descendants d'Abraham s'enfuirent du pays de Pharaon sans avoir eu le temps de laisser lever la pâte de leur pain. Elle resta immobile un moment, alla réchauffer un thé, puis monta à l'étage afin de saisir la lettre rose vif, la porter sur son cœur, redescendre au rez-de-chaussée, se recroqueviller sur le sofa, relire les phrases encore et encore. Lorsque vingt heures trente sonnèrent, Jan entrait dans le square.

Il attend la femme. Il ignore si elle va venir, il espère longtemps, debout entre les deux peupliers qui disparaissent, et les ailes de l'ange en cuivre qu'on ne voit plus du tout. Le vent court et refroidit. Peut-être la pluie qui vient. Ou une dernière bordée de neige. À la fermeture de la boutique, il avait rejoint Alice, l'amie de Rafaëlle, chez Esperanza. Ils ont bu des tisanes, et mangé du chili. Ses confidences sur Déborah l'ont surprise. Chamboulée. Elle a tenté de faire des liens familiaux entre ses élèves et le nom Zablotski, n'y est pas parvenue. Alice a voulu tout savoir, les détails de chaque rencontre, s'exclamant sans cesse, et gesticulant, elle n'eut aucune explication, parla de sa classe, de ce que ses élèves lui confiaient, jamais non, elle n'aurait pensé cela. En le quittant, elle avait fait promettre à Jan de lui téléphoner le lendemain, pour lui dire si Déborah Zablotski s'était présentée au square. Non, je n'arrive pas à y croire. C'est pas possible.

Puis l'inespéré. Déborah vérifia que son *shaytèl was completely covering her head*, rangea la lettre dans sa poche, prit dans la commode un rose à lèvres, celui qui est permis les jours de fête, redescendit, sortit de la maison rue Durocher, courut dans Saint-Viateur Est, traversa avenue du Parc, dépassa le petit Milos, la Boucherie kascher, Pagel, Crêperie, Esplanade, Rôtisserie portugaise, s'arrêta haletante en face de la Boutique, personne à gauche, personne à droite, et avec le bâton à lèvres traça sur la vitre, tout bas, tout petit : *I can't come. D.* À la fois soulagée et bouleversée, elle longea Waverly vers le sud, et se permit d'emprunter la ruelle Groll, celle des giboulées de février. Foulant le ciment de ses petits souliers de cuir, elle s'arrêta contre un mur de pierre, cacha son visage entre ses mains, frissonna lorsqu'une bourrasque vint se glisser sur sa nuque, inspira, expira, broya la lettre dans le fond de sa poche.

C'est au moment où le petit corps s'était tassé au bas du mur de pierre que Jan arriva de l'ouest. C'est lui qui la vit d'abord. C'est lui qui s'approcha de la femme.

— Déborah… c'est moi.

Coiffée d'un feutre, désespérée d'être là, elle haussa la tête sans remuer.

— *I did not come*, elle dit.

— Je sais. Mais maintenant tu es là.

Jan s'avance vers elle. Il a envie de la prendre dans ses bras mais il ne fait rien de cela. Il est tout près du feutre bleu outremer, calé contre une façade. La nuit augmente et on entend un chat qui se lamente. La femme regarde au bout de la ruelle, ne voit rien. Les miaulements s'accentuent rapidement, et Déborah vient plus près de l'homme. Il y a beaucoup moins d'un mètre entre les deux. Elle fixe la ganse du sac en soie brute, sans bouger se tait.

— Déborah, il dit.

Puis s'arrête. L'homme cherche à son tour l'animal. La femme, elle, profite de cet instant pour lever ses yeux sur lui. Elle attend. Il reprend, il lui confie qu'il rêve à elle la nuit, qu'elle lui manque, que ce manque-là est absurde, que c'est comme ça, il n'y comprend rien. Et puis elle essaie :

— *Even if…* elle cherche. *Even if…* ne sait comment continuer. S'excuse. *I am sorry.*

Jan a entendu sous le feutre bleu outremer cet amour, dans cette absence de mots. Il aimerait poser ses doigts sur la bouche de la femme. Silence. Puis elle essaie encore, d'une voix fragile comme celle d'un enfant :

— *I told you I was hassidic, Jan.*

Ils se taisent. Avec des yeux devenus noirs, elle risque :

— *What are you?*

Le Polonais ne peut pas répondre. Il ne croit pas en Dieu. Il ne croit en rien d'autre que ce qu'il voit, devant lui : Elle, cet amour-là, indécent, qui dévaste. Le chat ne miaule plus.

Alors, quelque chose se produit devant l'homme, c'est elle qui agit, c'est elle qui va créer un moment étrange, inexplicable, rempli d'amour fou. Elle baisse le regard sur sa veste, saisit la lettre, la sort, la soulève, la mène à ses lèvres, la baise, ferme les yeux pendant qu'elle la baise, elle reste longtemps ainsi, les lèvres pressées contre le papier rigide et le menton légèrement hissé vers la puissance du Polonais. Elle embrasse les mots, glisse sa bouche sur eux, lentement de gauche à droite, le rose vif devient rouge, devient rubis, bordeaux. L'homme soupire à la regarder faire. Lorsqu'elle ouvre les yeux, au ralenti, elle retire le papier, elle a envie de pleurer très fort. Alors elle le fait. C'est l'écoulement des pleurs salés sur la chair ferme, traversée par l'ombre d'une branche. Les miaulements reprennent qui viennent assassiner l'intervalle. Gaz Bar, bientôt aveugle, qui cherche la Boutique.

Déborah n'a pas bougé, elle est encore très près du corps de l'homme, qui la regarde sans fin, jusqu'à ne plus voir, il est penché sur elle. Il n'y a plus de nuit. Plus d'animal. Plus de ruelle. Mais Déborah tout à coup se redresse, recule d'un pas.

— *I have to go. Really.*

Jan angoisse. Avale. Ensuite saisit ses doigts gelés, les serre, les froisse, les étreint, et la femme ne bouge pas. Proximité des corps, des hanches, des souffles. Déborah tente un retrait, en vain. Elle attend. Ignore parfaitement ce qui va venir. Pour un instant ne craint rien du tout.

Dans la nuit couchée sur le ventre, Jan fit un pas vers elle, et les deux bassins brûlants, rapprochés, restèrent ainsi. On pouvait croire que le désir des corps les tenait là, on pouvait imaginer seulement, ne voyant presque plus rien avec la nuit tout entière dans la ruelle. On aurait peut-être discerné la main de l'homme qui se serait levée et avancée vers son visage à elle. Et quelques instants plus tard, un mouvement de la femme pour partir. Un départ qu'on n'aurait pas bien vu, mais qu'on aurait entendu, oui, des pas, des pas qui auraient sonné, écroulés dans leur propre foulée, fuyant à l'ouest, tout au bout de Groll.

PARTIE III

1

Afin que ses péchés soient pardonnés, Rifky avait jeûné toute la journée. Pressentant l'arrivée de la nuit, devant la glace elle tournait sur elle-même et ça lui donnait la nausée. Tout autour du satin blanc, les sœurs, les tantes, la mère et la belle-mère jasaient, priaient, caressaient la broderie du voile, et les perles du diadème. Peignant ses cheveux fins, sa mère à quelques reprises lui rappela la tonte du lendemain. La veille, Rifky était allée pour la première fois au bain rituel où elle avait été purifiée par trois immersions dans le bassin. Désormais «fille d'Israël», elle était pure et prête à devenir une adulte achevée. En revenant de la *mikve*, elle toucha du bout des doigts le satin neuf, pleura sur les genoux de sa sœur qui avait tenté de la rassurer, lui montrant les photographies du fiancé. Le téléphone sonnait, c'étaient les cousines, les grand-tantes, les invités d'ici et d'outremer. Puis, sur la table de chevet où reposait le *shaytèl*, la perruque neuve, le réveil montra dix-sept heures trois, et la belle-mère annonça nerveusement le départ.

C'était un mardi soir de mai, les bourgeons pavanaient leur vert tendre. Ça sentait les grillades, j'avais chaussé des ballerines, enfilé une robe souple, et noué à ma taille un foulard qui sur une hanche offrait une large boucle. Raie laquée et portée au milieu, tresse de blé enroulée en chignon. Passant devant la Boutique, je m'attardai quelques instants en trouvant Jan et Charles qui, comme plusieurs commerçants, conversaient sur des tabourets posés sur le trottoir. Je les renseignai sur ma sortie, Jan s'y intéressa longuement, me suivit dans l'épicerie où il me servit de l'eau de source, chute et hibiscus imprimés sur autocollant. Je parcourus ensuite Saint-Viateur, et dans le quartier ouest, fis un léger détour sur la rue Bloomfield, pensant à elle très fort. Un peu plus loin, je croisai Dina qui se cacha le visage dans la veste de sa mère. À l'extérieur de l'école, valait mieux ne pas me sourire, ni s'arrêter pour prendre de mes nouvelles, ni me présenter à Mrs. Wolf qui lui avait enseigné à se méfier de nous, les non-juifs, afin de préserver l'intégrité et la pureté de sa vie spirituelle. N'ayant pas été invitée à la célébration, le lendemain première heure, à peine assise dans l'autobus, elle enquêterait auprès de Hadassa et Nechama, les cousines de la nouvelle mariée : « Comment était madame, a-t-elle dansé, a-t-elle ri, était-elle *shta-tzi*? »

Dans une des pièces du Ballroom, la reine de la nuit, voilée, patientait sur une chaise surélevée. On le lui avait raconté maintes fois, son roi serait porté par des hommes jusqu'à elle et tout bas, tout près, il réciterait longuement, tête baissée et yeux clos, ses devoirs et ses responsabilités de futur époux. Lorsque Rifky les entendit venir, sa main se crispa sur l'étoffe, sa mère eut envie de se rapprocher d'elle mais ne bougea point, et son fiancé fut déposé à ses côtés. Tout au long du discours, la reine pensa au dîner qu'elle partagerait seule avec lui, à l'écart des convives, et elle devint inquiète jusqu'à pleurer. Les hommes étant partis, la fiancée put lever son voile, et son aînée courut vers elle afin de la saisir dans ses bras, lui chuchoter la jeunesse de son *khosn*, et les belles papillotes épaisses et claires qu'il avait. Pendant ce temps, les professeures de français, attendues à l'heure du souper de la noce, se rencontraient préalablement à l'école afin d'emballer un vase en cristal polonais. Nous nous étions vêtues de sombre, car personne, surtout pas les *goyim*, nous avait-on répété, ne devait enlever de l'éclat à la mariée. Seules dans la salle de repos, mes collègues, maniaques de l'ordre, entassèrent les objets qui traînaient sur et sous les chaises. Madame Labrecque eut d'ailleurs l'idée de séparer les deux tables, l'une pour elles, l'une pour nous, plan qui fut adopté, et exécuté. Je n'osai l'interrompre, mais consternée, j'en conclus que le dialogue entre les Mrs. et les Madames était perdu pour toujours.

Peu après dix-huit heures, quartier de la Côte-Saint-Luc, sur la moquette azur du hall, je saluai et louai quelques-unes de mes élèves, qui, habillées en princesses, jouaient à quatre pattes. Je cherchai Hadassa, mais ne la trouvai ni dans le vestibule, ni dans les escaliers profonds qui me menèrent au sous-sol, où je rencontrai Nechama. «Tu es venue, madame! Tu es *beautiful*, tu veux voir Rifky?» Sa bienveillance me ravit, et je suivis l'enfant dans de longs couloirs où des femmes me toisèrent. Dans une pièce vivement éclairée, j'aperçus mes collègues, et Rifky qui posait entourée de vieilles dames. La Reine toussait, se dressait, éternuait, se rassoyait, souriait, souriait encore, et sur la même scène recouverte de tissu lamé, les invités, groupes après groupes, suivaient les directives de la photographe. Lorsque ce fut le tour des *goyot*, nous montâmes sur la scène, prenant soin d'entourer la future mariée sans la toucher. Debout derrière Rifky, mon genou effleura son voile et je respirai le parfum de ses cheveux. Les regards étant figés sur nous, j'eus l'impression que nos tenues de *goyot* étaient jugées, tout comme nos présences, et l'instant du cliché parut s'éterniser. Notre secrétaire, qui devait être étourdie par la faim, la fatigue et le mystère de la nuit à venir, affichait un teint blême et satiné. Elle nous remercia d'être venues et nous accompagna au banquet apéritif. Dehors, les jeunes hommes, les époux, les veufs étaient déjà à la belle étoile, pressés autour du dais, la *houppa*, sous lequel seraient unis les fiancés.

— Tu aimes les photos ? me demanda Nechama qui sirotait un cola.

Et près d'elle, à ses côtés, tout à coup je la vis, mon ange en robe grise avec de fausses topazes alignées tout autour de la collerette. Ses minuscules mollets blancs, et ses éternels souliers vernis.

— Oui, j'aime beaucoup, répondis-je distraitement.

Hadassa bavardait avec une femme délicate qui courbait son corps frêle pour mieux entendre les histoires de la petite. Jupe étroite et noire couvrant les genoux, veste mi-longue et, sous celle-ci, un col lustré, vert émeraude. Lorsque j'aperçus ses yeux, je les reconnus, saillants, mémorables, mais ignorai pourquoi ils m'étaient si familiers. La fixant longuement, je jalousai sa beauté, immanquable entre le turquoise et le noir du foulard qui couvrait ses cheveux.

— Viens, madame, me prévint Malky, qui était de la partie. Il faut aller dehors maintenant.

Je lui obéis.

À l'extérieur, le rabbin venait de terminer la prière des sanctifications et les fidèles se recueillaient têtes basses. Malky me fit signe de la suivre, s'insérant parmi les femmes. Des bougies nous furent tendues, et nous les brandîmes côte à côte, en face de la *houppa* qui formait un rectangle de velours soutenu par quatre pieux gravés. C'est dans le chuchotement des femmes et les prières des hommes en lévites scintillantes que le fiancé apparut au bras de son paternel. Il ne portait plus le chapeau droit reçu le jour de son *Bar Mitzva* mais pour la première fois, le *chtraïmel*, la toque de fourrure, qui lui avait été remis la veille. À partir de cette célébration, comme tous les mariés, il l'affiche-rait les samedis pour le shabbat et chaque jour de fête. Après qu'ils eurent pris place auprès du rabbin, ce fut son tour à elle. La foule se tourna vers le *ballroom*, et la mariée, voilée, soutenue et guidée par sa mère et sa belle-mère, s'avança à l'aveugle. On voyait son pas hésitant, on voyait ses mains qui s'accrochaient à celles des femmes, les filles d'honneur derrière elle avec chacune un bout de la robe. Hissée sur le bout de mes ballerines, j'observais tout, tout ce que je pouvais, et avant tout Rifky, qui prit place aux côtés de son promis. Le maître spirituel à longue barbe blanche s'approcha de son voile et le souleva, geste symbo-lique qui remémorait le temps où c'était, pour le mari, l'occasion du premier regard sur sa future épouse. L'abaissant, il entreprit la lecture de la *ketoubbah*, contrat qui prévoyait le respect du marié pour la vie physique, morale, sociale de la femme ainsi que l'inalié-nabilité de ses biens. Le texte achevé, le rabbin leva le voile pour la seconde fois, et alors, après que son époux eut signé, il lui tendit la plume afin qu'elle inscrive son prénom, Rifky, suivi par le nom de son époux, Cinkovitz. Enfin, Rifky Cinkovitz lui offrit nerveusement sa main, tout en accueillant les paroles qui officialisaient le contrat : « *Vois, tu m'es consacrée selon la Loi de Moïse et d'Israël.* »

Le mariage était scellé. La foule se mit à lancer les grains de blé, exprimant le vœu de fertilité, et sept bénédictions furent chantées par le *hazane*. Sous l'étoile de David brodée au dais, le rabbin présenta à l'homme d'abord, puis à la mariée, la coupe de vin, tout en récitant les grâces : « *Réjouis, oui, réjouis ce couple qui s'aime comme Tu as réjoui Ta première créature, jadis au jardin d'Eden. Sois loué, Seigneur notre Dieu, Roi de l'Univers, qui a créé la joie et l'allégresse, l'époux et l'épouse, la gaîté et la jubilation…* » Autour de moi, les femmes s'étaient mises à pleurer abondamment, respectant le code affectif de la noce où l'on devait être prompt à rire ou à sangloter. Observant Hadassa qui à quelques mètres suçait son pouce près de Mrs. Horowitz, je sursautai lorsqu'une coupe éclata en mille cristaux sur le ciment. Afin que le peuple d'Israël n'oubliât jamais la destruction du Second Temple, le marié l'avait jetée à ses pieds. Et tandis que les éclats de verre fuyaient, Rifky, soutenue par les filles d'honneur, tourna sept fois autour de son nouvel époux, métaphore de l'attente entre le jour des fiançailles et la nuit de noces. Avant que le Roi et la Reine ne nous quittent pour un dîner en tête à tête, les *Mazel Tov*, les *Congratulations* explosèrent d'un côté et de l'autre de la *houppa*. Les femmes s'embrassèrent, se serrèrent, et les hommes firent de même entre eux. Entre chandelles, tenues de fêtes, bonnets, voiles, et bijoux, je fixai Rifky qui, aux côtés de son nouvel époux, traversa la foule.

Le *ballroom*, grandiose, loué par la mère de la mariée, présentait des ornements en bois massif, des lustres en cristal et un long paravent qui séparait les hommes des femmes. Près de la sortie j'étais assise parmi les *goyot* qui buvaient des jus pétillants. Quittant sa table un instant, Hadassa se joignit à nous, tenant dans ses bras sa petite sœur, la dernière-née, Chana-Léah. Elle s'adressa à moi, à moi seule : « Tu vois mon bébé ? Elle a six mois. » Hadassa avait les gestes d'une mère, et savait cambrer sa taille afin de maintenir sa cadette sur sa hanche. Elle essuya d'un revers de main la bave sur le menton du bébé tout en lui parlant : « Ici, c'est le professeure de français, tu connais elle ? » Hadassa lui souffla ensuite à l'oreille quelques mots qui furent interrompus par la femme au col turquoise venue quérir Chana-Léah.

— Est-ce que c'est ta tante, Hadassa ?

— Non, c'est ma cousine. Elle s'appelle Déborah. C'est la sœur de Rifky, la mariée. Toi, tu aimes les mariages comme ça ? s'informa-t-elle.

Oui. À la folie. Je jouissais d'une proximité avec une communauté pour tous inaccessible. J'avais commencé à compter sur mes mains les jours qui allaient m'éloigner d'elle, et de la classe sur fond lilas. La séparation à venir s'installait, envahissante, parfois rongeant mes soirées rue Fullum. J'avais appris très beaucoup, insuffisamment. Un service accéléré commença, enchaînant coupes de fruits, poisson, poulet, miches tressées, mousse sucrée, au cours duquel les causeries de mes collègues portèrent sur les élèves, les projets de classe, les bulletins, la fin de l'année tout près, et le départ de

Rifky. Heureusement, de l'autre côté du paravent, on entendit bientôt l'animateur de la noce se ruer sur le synthétiseur et après quelques accords, il annonça la danse. S'activant, les femmes dégagèrent la piste, poussant les tables et les chaises aux extrémités. Les traiteurs, poursuivis par les enfants, montèrent le buffet à gâteaux, les fontaines de chocolat, les plateaux de viennoiseries, et apportèrent le café et le thé. L'excitation, l'enthousiasme et le brouhaha furent couronnés par l'arrivée de Rifky que nous applaudîmes longuement. Sa mère vint fièrement à sa rencontre puis l'amena au centre de la piste, où, face à face, bras tendus, bassins immobiles, genoux fléchis, elles ouvrirent la soirée dansante. Peu après, une large ronde se forma autour des cavalières et bientôt tourna à gauche, puis à droite, puis encore à gauche. Lorsque Hadassa eut terminé son sorbet, elle s'inséra dans le cercle des enfants et imita les pas des femmes. Je l'observai rire, rire au-dessus de la collerette à topazes et des coups de talon qui secouaient la grosse boucle de lin gris. Dassy, légère et malhabile, quitta un moment la ronde et vint vers moi :

— Madame, tu trouves que je danse bien ?

Pivotant vers le paravent, j'en surpris plusieurs qui, mentons levés, mains écartant les tentures tissées, épiaient la foule masculine.

— Tu peux voir si tu veux, me fit Malky, s'y rendant.

Je la suivis, hésitante mais curieuse. Il s'agissait de ne pas être vues d'eux. D'être prête à refermer le pan *at any moment*. Garder son visage en retrait, regarder au-delà d'une fente étroite les hommes qu'on n'avait pas vus de la soirée. Derrière Malky, prudente, j'épiai la cinquantaine de lévites de soie noire, de *chtraïmel*, de chaussettes blanches, de pantalons aux genoux. Bras dessus bras dessous, ils formaient des cercles, encouragés par l'animateur monté sur une scène et accompagné d'un pianiste vautré sur son synthétiseur. Quelques-uns, alignés le long de la piste, tenaient un verre alcoolisé, ne buvant qu'au point d'être gai, car l'excès n'était juif qu'une fois par an, à Pourim, fête des sorts. Je reconnus le marié, qui dansait avec son père, accomplissant de multiples sauts et flexions, parfois retenant sa fourrure d'une main, talonnant le sol d'un bord, de l'autre, sans fin, évitant quelquefois des gamins, les seuls à traverser librement le paravent.

— Je vais te montrer qui est mon papa... me chuchota Hadassa, s'insérant entre Malky et moi.

Elle écarta à son tour le pan, et désirant me le désigner, elle glissa avec négligence son index, son poignet, son avant-bras dans la fente. Mrs. Horowitz la frappa, et la *moodswing* disparut.

— *Enjoying the wedding?* me demanda poliment la mère de Hadassa.

— *Totally. I am very glad to be here. Thank you...*

Satisfaite, Mrs. Horowitz s'orienta vers le paravent, l'entrouvrant avec précaution. Je l'imitai. Nous étions une dizaine les unes près des autres à espionner. À admirer les rondes de mollets blancs. J'étais là, près des Mrs. Je m'imaginai moi aussi une Mrs. Moi aussi cherchant mon époux, papillottes et toque de fourrure. Moi aussi parente de Rifky. Et je le choisis, visage long, tempes boudinées, fossettes, sourire franc, infatigable danseur, trentenaire. Je le fixai, le suivis des yeux, m'habituai à ses traits, à ses mouvements, à son habit. Caressant mon chignon de blé, je l'écrasai, pensai à des ciseaux avec lesquels le couper, au rasoir qui me tondrait la tête, au *shaytèl* taillé à la nuque, aux bonnets, aux feutres à voilette. Il se dirigeait vers le bar où un gentil lui tendit un verre. Je m'imaginai me rendre au bain rituel une fois par mois, être soumise à Hachem et à mon époux, élever mes enfants, pousser des landaus, ranger le foyer, embrasser les *mezouzot*. Me familiariser avec la culture, la religion, savoir converser en yiddish, lire suffisamment l'hébreu, connaître cette histoire de 6500 ans, respecter les six cent treize commandements, accompagner mon mari le samedi matin à la synagogue sans jamais prendre son bras ni l'effleurer.

— Madame, tu aimes regarder? La *moodswing* avait surgi, Chana-Léah sur sa hanche.

Je m'éloignai des pans, l'accompagnai, m'attablai près d'elle, en face de la piste de danse, aux côtés de Nechama et de plusieurs petites sœurs et cousines qui dégustaient pour la seconde fois des plateaux desserts.

— Toi tu penses que c'est fini après ce soir? interrogea *Hidden beauty* en fixant ses tantes.

— Je ne sais pas. Y a-t-il un voyage pour les mariés? Hadassa poussa un ricanement.

— Non, madame. Pas de voyage. (Et elle rigola encore.) Après ce soir, il y a sept petites fêtes pour les sept prochaines nuits. Toute la famille de Rifky et les cousines vont chaque fois aller dans une salle très chic ou dans une grande maison. C'est très bien parce qu'on achète des nouveaux vêtements et souliers pour les soupers. Des fois, au milieu du repas, il y a de la musique et les femmes dansent de leur mieux, comme ce soir. Les hommes dansent aussi mais pas ensemble parce qu'il y a un séparateur toujours entre les papas et les mamans. C'est sept fêtes *very magic*. Toi, tu aimerais aussi venir?

L'enfant savait très bien que personne ne m'inviterait. Le mariage de Rifky était une exception hasardeuse. Que les enfants, en présence des mères, puissent s'adresser à moi, un miracle.

J'observai les Mrs. pendant près d'une heure. Hadassa faisait des allers-retours vers le buffet et, à chacune de ses absences, je réservai sa chaise avec mon bras. Je bus du thé. Je suçai des fruits trempés dans du sucre, rapportés par Dassy. Un peu plus tard, mes collègues, l'une après l'autre, vinrent me faire la bise. Et les enfants s'étendirent sur les bancs. *Hidden beauty* s'endormit la première, souliers vernis pendouillants, couverte du châle de sa mère. Me séparant de Hadassa, je retournai au paravent une dernière fois, et je furetai pour apercevoir l'homme au visage long, tempes boudinées, fossettes, sourire franc, infatigable danseur. Il jasait dans un coin, épongeant son front du revers de la main. J'étais séduite. Je ne voulais plus partir. Je regardais celui que j'avais épousé. Mon enfant dormait sur un banc. Dans quelques heures nous rentrerions rue Querbes. Oui, je sais, je ne retirerais ma perruque qu'une fois dans la chambre. La poserais sur la tête de styromousse. Me glisserais dans mon lit simple, tout près du tien. Le lendemain, j'irais faire les courses pour la venue du shabbat, je porterais les perles, et couvrirais mes jambes. La veste dissimulerait mes hanches et mes seins. Sur la rue, je détournerais le regard, évitant ainsi les *goyim*.

— Lui que tu regardes, affirma Mrs. Adler postée à ma gauche, c'est *my husband*.

2

Dans une chambre discrète en bois sec, la femme avait retiré ses bijoux, son *shaytèl*, les épingles, dans une bassine, elle avait lavé son crâne, nettoyé ses paupières, ses yeux, son nez, brossé ses dents, y avait passé le fil dentaire, avait rincé ses oreilles, le repli des lobes, frotté ses ongles avec une brosse, frictionné son corps au gant de crin, jusqu'aux moindres recoins. Enveloppée dans une serviette éponge, elle avait ensuite traversé un couloir de faïence, puis pénétré la pièce chaude indigo où l'attendait Mrs. Fieldman. Comme toutes les femmes mariées de la communauté, Déborah Zablotski devait respecter la loi de la pureté afin de payer pour le crime d'Ève qui a causé la mort d'Adam. Durant les jours de règles, son corps appartenait à Dieu, et elle dormait dans un lit isolé, ne mangeait pas à la même table que David, ne pouvait lui tendre ou lui servir un plat, ni toucher au vin qui se gâterait, ni chanter, ni aller au cimetière. Aussi, sept jours après la fin des règles, elle se rendait à la *mikve*, et se purifiait dans le bain rituel afin d'appartenir à nouveau à son mari. La préposée, grasse et ridée, manches roulées jusqu'aux coudes, l'aida à se glisser dans un bain profond où l'eau purifiée se chargerait de sa propreté spirituelle. Aussitôt plongée dans le bain, l'ancienne se mit à la frotter, la polir, l'asperger, la gratter tout en récitant des prières de miséricorde. Obéissant au rituel tant de fois répété, Déborah se penchait en avant, en arrière, se laissait râteler, râper, fouiller, levait un bras, tendait une cuisse, offrait ses pieds tout en priant pour que lui soit retirée l'empreinte odieuse de l'homme qui n'était pas juif. Mais ça lui revenait encore, c'était incessant, ces vertiges de Groll, la brûlure des chairs si près l'une de l'autre. Elle songeait à tous les gestes de Jan, à ses épaules nues sous le coton fin, elle pensait à lui, la nuit, le jour, à l'histoire qui durait depuis neuf mois et qu'il fallait taire. C'était obsessionnel. Terminant le rite, Mrs. Fieldman posa sa main sur sa tête, et prononçant des textes en hébreu, elle immergea la fille d'Israël une fois, deux fois, trois fois, *eintz, tvay, dray*. Après que la dame se fut retirée, Déborah demeura quelque temps dans le bain. Corps mou et tête fiévreuse. Elle ne s'arrêterait pas. Elle passerait devant, y sonderait l'intérieur, filerait à la maison. Sortant du bain, elle s'épongea, se rendit dans la chambre de bois, s'habilla, se coiffa, enfila les habits d'un premier jour de pureté, se para de bijoux, d'une veste légère, puis sortit.

Sur Saint-Urbain, quelques *goyot* en pantacourts jardinaient leurs lopins de terre sous les escaliers en colimaçon. Les observant, Déborah tressauta lorsque sa tante Teresa, qui traversait la rue, l'interpella. Respectant un des commandements, les deux femmes *moved aside and conversed in a quiet, modest manner*, afin d'éviter d'attirer l'attention. Déborah se pencha sur la petite Chana-Léah, endormie dans le landau, puis embrassa sa cousine Hadassa qui prétextait un mal de gorge épouvantable, l'empêchant d'aller en classe. Teresa demanda des nouvelles de David, de Mr. et Mrs. Zablotski, et félicita pour la noce de Rifky. Peu bavarde, Déborah les quitta quelques mètres plus loin, invoquant une commande chez le fleuriste. Or, elle monta vers le nord. Longtemps. Croisa la rue Bernard, puis Van Horne, s'arrêta à la voie ferrée. Fit ensuite le chemin inverse et au coin de Saint-Viateur, elle tourna. Déborah passa l'église catholique, l'Euro Déli polonais, la librairie, franchit Waverly. Hésita, poussa la porte, posa un pied, et c'est là, sur le tapis rouge, qu'elle vit le chat, mais s'apprêtant à ressortir, elle fut retenue par la voix de Charles :

— Entrez !

L'épicier s'avança, ramassa Gaz Bar, retint la porte et d'un bras tendu l'invita à s'introduire dans la Boutique. Hasardant trois pas, Déborah fixa l'animal poilu qui ronronnait, la tête sous l'aisselle du gérant.

— Avez-vous rencontré mon chat ? dit-il.

Déborah replaça son sac à main vide sur son épaule tandis que Gaz Bar sautait des bras de Charles pour venir s'étirer à ses pieds. Surprise, elle recula.

— Il s'appelle Gaz Bar, insista l'épicier, s'inclinant sur la bête au ventre maigre.

La femme ne dit rien encore et cela n'étonna point Charles. La main de l'homme flattait dans tous les sens, près de la gueule de l'animal, des plaques de peau grises et rêches sur ses pattes, sur sa queue, tout autour du cou. Le chat ronronnait, se contorsionnait, pattes molles.

— Je l'ai ramassé dans une ruelle il y a deux ans, reprit Charles.

Dans la rue, Mrs. Adler et Mrs. Rosenberg ralentirent les landaus, examinèrent l'intérieur de la Boutique, aperçurent encore une fois Mrs. Zablotski tout près d'un *goy*. Les deux mères accélérèrent le pas, filant vers l'avenue du Parc et médisant gravement.

— *I don't like cats*, prononça timidement Déborah.

Charles sourit, reprit le sidatique poilu, rajouta :

— Tout le monde adore Gaz Bar, et il le lui tendit.

D'abord, elle fut étonnée par son geste et aussi par la proximité du chat. Ensuite, elle eut peur et ça fit battre son cœur. Mais l'offrande dura, dura, et Déborah allongea une main très lentement vers l'animal, posa un index sur son dos, et au contact du poil elle le retira comme si elle avait été mordue. Nerveuse, elle rigola. C'était la première fois que ça lui arrivait, rigoler ainsi, tout près d'un chat et d'un non-juif. Quand elle s'apprêta à le refaire une seconde fois, comme l'aurait risqué un enfant, Rafaëlle arriva, dans un élan embrassa Charles, lui vola Gaz Bar, tourna sur elle-même plusieurs fois. Déborah admira les boucles rousses qui volaient dans la ronde, les hauts talons qui tournaient, la robe étroite, fendue jusqu'au milieu de la cuisse. Lorsque Rafaëlle cessa, elle baisa le museau de Gaz Bar, le remit à Charles, et passa ses longs doigts dans ses boucles.

— Jan n'est pas là ? s'informa-t-elle.

Dans l'allée des poires, Déborah guettait la sortie.

— En parlant du loup… affirma Charles tourné vers la vitrine.

Jan vit Déborah bien avant Rafaëlle, laquelle s'avança vers lui et lui tendit une joue taches de rousseur. Charles installa Gaz Bar sur son épaule et se dirigea derrière la caisse.

— Les gars, annonça la rousse, Alice fait un barbe-cue ce soir sur sa terrasse, ça vous dit de venir?

Les deux épiciers se consultèrent, et ce fut le moment que choisit Déborah pour sortir rapidement sans saluer; Jan l'imita. Charles bredouilla «oui, oui c'est ça, à quelle heure, on apporte quelque chose?» Mais Rafaëlle, qui cherchait à voir plus, plus loin, appâtée par la rue s'exclama :

— C'EST ELLE?

3

Pour célébrer la fin de l'année, les fillettes avaient décidé d'un pique-nique dans le square où nous étions si souvent allées nous promener. Le dernier lundi, nous cheminions donc vers le terrain vague, tapissé de pissenlits. La fin approchait. Les examens étaient terminés, évalués, réussis. Les élèves avaient composé pour le ministère des récits invraisemblables qui rappelaient les univers découverts au cours de l'année. Elles s'étaient également donné la peine de les corriger à l'aide de dictionnaires et de Bescherelle. J'étais fière comme une mère.

— C'était *babyish*, m'avait signalé Hadassa, en sortant l'une des premières de la salle d'examen. Le gouvernement va très beaucoup aimer mon histoire.

Sur le trottoir, les jumelles Blimy et Gittel marchaient devant moi, se retournant de temps en temps. « Madame, tu laisses nous parler yiddish toute la dernière semaine ? » lança Blimy. Oui, évidemment. Vous écouter encore. Apprendre d'autres mots avant de vous quitter pour toujours. Puis main dans la main elles se mirent à trotter, rejoignant leurs consœurs qui déjà gambadaient dans le parc, à la recherche de l'endroit idéal pour camper le pique-nique. Déposant leurs sacs à dos à l'est du bassin, là où il n'y avait ni arbre ni ombre, plusieurs sortirent les flacons de crème solaire qu'elles appliquèrent sur leur visage, seul endroit exposé. D'autres étendirent la nappe à rayures jaunes et roses, et ce fut le temps de décider qui serait assise à côté de qui. C'est à cet instant que je les avais rejointes. J'attendais que Hadassa choisisse son emplacement, désirant être près d'elle, absolument. L'absolument échoua, car dans le cercle Dassy se posa entre Yitty et Libby. Je m'installai donc en face d'elles, aux côtés des jumelles. En quelques minutes, les très beaucoup dénouèrent leurs sacs et sortirent toutes sortes de choses, les alignant avant d'entamer leur distribution. Assiettes en carton assignées, Nechama se leva la première afin de partager équitablement les croustilles. Chacune de nous en recevait trois complètes et une demie. Puis Yehudis enchaîna avec les jujubes, quatre cette fois-là. La règle, parce qu'il y avait toujours des règles, était que l'on devait attendre la fin du partage avant de manger. Ce fut long. Parce qu'après les jujubes, les maïs soufflés, les bâtonnets de fromage, les beignets, les *Smarties*, les *soft drinks*, les biscuits au citron, les pastilles qui explosent sur la langue, il y eut les protestations, non pas de celles qui distribuaient, mais des évaluatrices des lots. Il fallut d'ailleurs vérifier nos parts avant de pouvoir les entamer. «OK, tu peux goûter, madame», confirma une *Bat Mitzva*. Les élèves étaient heureuses, gourmandes, brûlantes sous le soleil de treize heures. Toi, Hadassa tu étais occupée, sourcils croisés, à séparer les sucettes rouges des orangées, à recenser les bonbons et les maïs, et je te regardais faire, installée devant toi, si loin pourtant. Sa pyramide disséquée, elle retira son appareil dentaire de sa petite bouche, lequel laissa pendre un filet de bave au-dessus du butin, qui se rompit sur les *Smarties*. Sa coupe au carré, comme les pissenlits et les bouquets d'impatiens, se laissait balayer par le vent chaud du sud. Sa bouche mêlait salé et sucré, ne s'adressant à personne. Me souvenant soudainement de ma contribution, je posai au milieu de la nappe déjà salie de cola, une boîte de chocolatines, que j'avais achetée pour elles dans une boulangerie kascher recommandée par Jan l'épicier.

— Madame! s'écria Yitty, tu as pris chez les juifs?

— Oui, chez Cheski.

Ma prononciation les fit se tordre de rire.

— Tu dis mal, madame. On dit *Cheski*, et le *Ch* devient *Rh*, me corrigea Nechama avant d'enchaîner: Madame, tu sais que le mari de notre cousine travaille au magasin Cheski? Toi tu aimes la nourriture kascher?

Hadassa ne m'avait pas quittée des yeux. Elle avait cessé de grignoter, fixant l'étiquette de la boulangerie. Elle prit la parole:

— Toi, tu as vu le monsieur qui sert les *pastries*? Alors tu as vu David Zablotski, il est marié avec ma cousine Déborah.

— On peut? demanda Sara, la main au-dessus des pâtisseries.

Une bouchée de croissant, une autre de jujubes, une gorgée d'Orangina, les filles ricanaient, conversaient, regardaient les mouettes, leur lançaient des croustilles, pas trop, juste un peu. Je les observais, goûtant à peine, suppliant ma mémoire de retenir tous les gestes, toute la beauté du cercle et les cris des mouettes qui se rapprochaient dangereusement. Il me restait quatre jours avec Hadassa.

La fin, comme toutes les fins, paraissait précipitée.

— Madame tu as vu j'ai coupé mes cheveux? s'informa Malky.

— Toi, tu n'as pas chaud avec des cheveux grands comme ça? Nous on peut pas avoir, dit Libby, qui n'avait pas dit un mot depuis des semaines.

Les élèves la toisèrent. Puis plusieurs nous quittèrent, emportant les raquettes de badminton et se dirigeant vers le large du square. S'étendant sur la nappe, Yitty se plaignit de la chaleur, se resservit un *soft drink*, essuya une moustache de sucre avec sa manche d'uniforme. Les jumelles s'éloignèrent pour aller nourrir les mouettes avec des restants de beignes à l'érable. Hadassa, qui n'avait pas bougé, mangeait lentement les croustilles, l'une après l'autre, en suçant chaque doigt. Toujours à ma place et elle à la sienne, j'osai, au-dessus des rayures jaunes et roses de la nappe:

— Hadassa, tu vas rester ici pendant tout l'été?

— Non, ma maman dit que c'est très *bad air*, Montréal. Moi, je vais à Val-Morin parce qu'il y a beaucoup de cottages pour les juifs, et aussi une piscine pour eux. Ma mère a même acheté pour moi un t-shirt pour me baigner. C'est très *cute*, précise-t-elle. Le t-shirt *match* avec mon maillot. Quoi tu as sur ton bras, madame?

— Du henné.

L'été était là, au bout de mon bras gauche. Dès le prochain shabbat, je ne porterais plus les longues robes aux chevilles, les bas, je n'attacherais plus mes cheveux, je porterais des camisoles col V, offrirais mes jambes nues au soleil.

— C'est comme *tatoo*?

— Oui, seulement le henné part avec le savon, au bout de quelques jours.

— Le *tatoo never goes away*. Mon grand-père avait déjà, il a eu pendant la guerre, tous les juifs ont eu des numéros sur la peau avec des aiguilles, et quand il est mort, il avait encore les numéros sur son bras. C'est ma grand-mère qui a dit.

Le regard de Hadassa chercha les impatiens mauves, puis me revint.

— Madame, *next year*, on va vraiment changer de professeure?

Il fallait se lever. Les élèves me poussèrent hors de la nappe qu'elles secouèrent tout comme leurs uniformes. Mettre dans un seul sac tous les déchets. Offrir à nos amies les mouettes les vestiges du festin. Replacer nos petites barrettes sur les tempes, tirer les cheveux bien en arrière, presque plus de frange, comme les grandes, dans trois mois on va être au secondaire, maman va acheter un nouvel uniforme beaucoup plus joli, on passe du bleu marine au gris, mais avant, c'est les vacances, ce soir je vais dormir chez Gittel, on va parler toute la nuit parce que les examens sont terminés, madame, et toi tu donnes plus de *homework*. En quelques instants, le parc se trouva loin derrière nous et les mouettes avaient tout envahi.

4

Dans les escaliers de secours, nous nous étions assises afin de terminer la lecture d'un dernier roman. Puis, après la pause, j'avais reçu plusieurs cadeaux, des chocolats, un vase, un chandelier, des dragées, et un *autograph book* dans lequel chacune se proposa de composer des phrases d'adieu ou des poèmes. L'après-midi s'achevant, les élèves désinfectaient les pupitres, nettoyaient les armoires, frottaient les surfaces, le tableau, rangeaient dans les sacs d'école les cahiers, les paquets de feuilles lignées, les très très vieux articles scolaires, tandis que Hadassa et moi ordonnions les livres dans la bibliothèque. «Toi tu vas revenir l'année prochaine?» me demanda-t-elle à genoux, les bras remplis d'albums à classer.

Je venais de refuser un contrat pour l'automne suivant. Pendant neuf mois, cinq jours sur sept, quartier juif hassidique, j'avais partagé le temps avec dix-huit visages de lumière, et un amour de onze ans, extravagant. Je l'avais fait, ce détour dans une vie remplie de détours. J'avais connu Hadassa, onze ans. Au cours de l'été qui venait, elle serait *Bat Mitzva*, et je ne pouvais rien faire pour retarder le temps où elle passerait au troisième étage, apprendrait à tenir une maison, cuisiner selon des prescriptions strictes, maintenir la pureté lors de ses menstruations. Mon temps d'escale auprès des petites filles d'Israël était achevé. Reprendre la route, le coffre plein à pleurer. Je lui répondis simplement que j'avais besoin d'une pause.

— Une pause parce que tu vas te marier?

— Non, pas encore.

— Qui va ramener pour nous des livres du *public library*? Qui va acheter les nouveaux Schtroumpfs, et les Martine?

Je ne sus réconforter les longs cils qui battaient jusqu'à s'arracher des yeux. Je la contemplai, me rongeant un doigt.

— Moi je *hate* que tu pars, fit-elle, dos tourné, fuyant dans les escaliers, ses pas comme des coups de hache dans mon cœur.

— Madame Alice, on peut déjà aller? s'informa Yitty, lorsque je franchis la porte de notre classe, où Hadassa était posée sur son sac.

La cloche sonna, et la broussaille passa sous mon bras.

— Oui, très bien, bredouillai-je, mais, et je levai mon index vers les néons, il faut venir demain, c'est le dernier jour, le plus important.

Les filles sortirent l'une derrière l'autre, et à demain, madame. Je traversai la classe vide, rejoignis le bord des fenêtres, m'appuyai un instant, retins mes larmes très fort. Puis je me précipitai vers le couloir, les escaliers, la sortie, me faufilai entre les rangs, et sur le portique, je cherchai la petite qui auprès de Nechama et Yitty traversait Dollar. Les professeures n'étaient pas encore sorties. Les autobus tardaient. J'accélérai. Les rejoignis.

— Tu viens avec nous ? m'interrogea Yitty, étonnée.

Je suivis leurs foulées dans le magistral quartier d'arbres bicentenaires. Lorsqu'elles cessaient de chuchoter et louchaient sur moi, je leur souriais à pleine bouche, mine de rien, tout en respectant la distance, deux mètres entre elles et moi, bien sûr parce qu'une *goya* n'accompagne pas les *jews*. J'aurais accompagné Hadassa n'importe où ; j'étais aimantée par elle, par son maigre cou, ses épaules de cailloux, son ombre qui voltigeait dans ce juin pratiquement épuisé. Hadassa, arrête-toi un instant, retournons dans cette classe lilas nous asseoir, parle-moi de toi, de vous toutes, de ce monde dans lequel tu vis ; je ne sais encore rien et nous voilà à la fin. Tu dois m'enseigner, oui, je peux apprendre le yiddish, je peux apprendre n'importe quoi, je peux sauter à la corde, cuisiner le pain sacré, endormir Chana-Léah, couper ma tresse, osciller pendant la prière, mettre un t-shirt sur mon maillot, séparer le carné du laitage et jamais les mêmes couverts, enlever le henné sur mon bras, manger des jujubes kascher par milliers. Invite-moi.

— Madame, je te *promess* que je viens demain parce que j'ai un cadeau pour toi et j'ai pas signé dans le *autograph book*, confirma Nechama.

— Et toi, Dassy, tu viens, n'est-ce pas ? risquai-je, anxieuse.

Subitement immobilisée, l'enfant se tourna, sortit son doigt de sa main repliée, le pointa vers moi comme un petit fusil bleu, puis me dit :

— Madame Alice, moi je suis HA-DAS-SA.

PARTIE IV

1

LE CIEL. Bleu. Mes bras sont tendus, mes jambes écartées, mon corps s'étiole. Je suis une étoile écrasée dans l'herbe. Mes yeux s'éteignent et s'ouvrent: ciel, bleu, ciel, bleu. Je sens fondre sur ma langue le dernier bonbon kascher, offert le dernier jour. Il n'y a plus de mouette. Plus de pissenlits, et les impatiens sont flétries. Août se love dans la longue canicule. Le vent s'est retiré de l'île depuis deux longues semaines. Certains habitants aisés ont quitté la métropole pour rejoindre le fleuve, les autres dorment nus sous les ventilateurs à hélices, et attendent le retour de l'automne. Le chocolat se mêle à la menthe. Des enfants fantômes s'approchent et se dérobent, *madame Alice, toi tu vas à Val-Morin avec tes parents pour l'été?* Je passe ma langue sur mes lèvres que je mords pour ne pas me mettre à hurler et à arracher toute l'herbe du square. Le ciel. Bleu. *Madame, tu vas être encore professeure l'année prochaine?* Non, c'est fini. Tout est fini. Vous allez étudier au troisième étage, vous allez m'ignorer dans les couloirs, ne pas me reconnaître dans les rues du quartier, non, je ne reviens pas. *Tu pars comme mademoiselle Charlotte du roman?* Oui, c'est cela. *Madame, quoi tu vas faire après?*

Vos voix sont intactes. Comme celles de l'*autograph book*, celui qui a circulé d'un pupitre à l'autre et qui a créé de la chicane. «C'est ma maman qui l'a acheté pour toi», avait précisé fièrement Gitty. «On va toutes signer dedans.» Merci. *Qui va lire les histoires maintenant? Nous avons très beaucoup aimé, Chany, Yitty et Traney… C'est déjà la fin, incroyable comme je vais te miss, Simi.* Mes mains serrent, écrasent, pressent le livret de cuir jaune posé sur mon ventre vide. *On va toujours aimer les Shtroumpfs et se rappeler toi, Chaya et Sarah W.* Chaleur. Je fais un effort, m'assois en tailleur. La menthe se mêle au chocolat, le sucre fond et coule dans ma gorge. Des yeux, je fais le tour du parc. Je vous attends. Depuis la fin juin, je viens ici espérant vous voir, près de l'ange de cuivre qui remplit sa cuve. Je rêve. À elles, à toi Ha-das-sa… Te revoilà, tu viens vers moi, tu as gardé ton uniforme, tu restes debout, rasant la dentelle de ma jupe. Regarde-moi, je n'ai plus la longue tresse de blé, j'ai tout coupé afin de ressembler davantage aux femmes de ton quartier. Approche-toi, assieds-toi, dis-moi pourquoi tu n'es pas venue le dernier jour. Pourquoi tu n'as pas signé. Je m'écrase, je me roule sur le ventre, je feuillette les pages. Cent fois par jour. Je cherche Hadassa. Son encre, sa petite patte d'encre. Je cherche un mot d'amour. Je cherche sa voix ténue. Sa broussaille. Je cherche la douleur de l'abcès près de sa bouche. Je cherche un bout d'elle. Je rêve de quatre pages enfouies quelque part. Je cherche une déclaration, je cherche mes onze ans aux yeux presque noirs, l'étoile de veines sur la tempe gauche, je tourne les pages, madame Alice ne te trouve nulle part. Cent fois par jour.

Les pissenlits ont été avalés par la sécheresse et les impatiens ont soif. Le ciel se couvre. Je ne peux plus accéder à ma classe. À la vôtre. Ni à la cour. Ni au chêne. Dans le quartier de briques rouges gardé par l'*éruv*, je suis un grand H écrasé. On avait marché ensemble, l'une derrière l'autre, te rappelles-tu? Ta touffe crépue était magique sous les rayons intenses de juin. Tu trottinais vers chez toi, Bloomfield, mais avant de l'atteindre, à quelques mètres d'ici, tu t'étais retournée, t'avais pointé ton fusil vers moi, *Non, madame Alice*, et tu avais tiré trois balles: *Je suis Ha-das-sa*. Tes pas foulent le gazon d'août. Tu ne me vois plus. Tu ne m'écoutes plus. Ta silhouette chétive disparaît. Je touche mes cheveux fraîchement coupés au carré et sur mes doigts je récolte la sueur du cou. Ciel. Gris. Ciel. Gris.

Résonances de talons hauts dans le sentier bordé de feuillus. Je lève la tête. Bas chair à couture. Tailleur bleu de cobalt, broche incrustée de pierres pourpres. Chemisier fermé. Menton enfoncé dans le gazon, j'essuie mon front humide avec ma main marquée au henné. Je suis témoin de la scène qui s'annonce dans le square encore vert comme les algues du fond des mers. Du bruit, on entend quelques chants d'oiseaux qu'on ne voit pas, mais surtout, le jet de la fontaine, incessant dans le bassin. La femme aux talons fins a quitté le chemin des landaus, elle s'est approchée du réservoir, et puis elle s'est assise sur un long banc de bois. Elle regarde autour d'elle. Les diverses entrées du jardin, les jeux sur le sable, les entrées encore, chacune d'elles. Ses doigts se croisent et se recroisent, comme ses cuisses cachées sous le nylon. Dix-sept heures quinze, un dimanche d'août. La main de la femme sort un mouchoir de lin, éponge délicatement son front, descend le long des tempes, tapote le creux des joues, aboutit près de la bouche qui s'entrouvre et se laisse étancher. Le bonnet refait le tour du parc, et tout à coup m'aperçoit. Dans la fixation, je reconnais le visage qui ne prend pas le soleil, ou si peu. La femme qui lisait une lettre fuchsia un jour d'avril, celle qui portait un col turquoise au mariage de Rifky: la cousine de Hadassa. Je me terre, pose ma tête, mime l'indifférence. Un vent brûlant s'est levé qui renverse les feuilles du peuplier. D'une main, la femme retient son bonnet.

Une, deux, trois secondes, et puis c'est au tour d'un homme d'entrer dans la scène. Il arrive du côté sud, celui des loggias blanches sur fond de briques. La femme l'a senti approcher, elle a scruté nerveusement autour d'elle, a vu Jan qui venait. D'un bond elle s'est levée, pour ensuite se raviser, se rasseoir, tête baissée. J'ai ramassé mon sac. Y ai fourré l'*autograph book*. J'ai tourné le dos à la scène déjà autonome. J'ai traversé le sable et contourné le toboggan jaune en marchant rapidement. Rue Saint-Viateur j'ai filé vers l'est, mon sac porté en bandoulière. J'ai allongé la foulée jusqu'à l'avenue du Parc où j'ai dû me faufiler entre les voitures, pour ensuite me remettre à la course, dépassant la Maison du Bagel, puis la boucherie, souffle court et tête en tempête, Jeanne-Mance, le café Pagel, et m'apprêtant à dépasser la crêperie, à cent mètres devant moi, j'ai vu, entendu, ressenti le crissement des pneus sur le macadam, le freinage grinçant, long, violent, heurtant, d'une camionnette de livraison. J'allais passer devant la rôtisserie portugaise à pas fébriles lorsque je discernai Charles qui sortait bras tendus de la Boutique, se précipitant vers la camionnette de la Ferme Lauzon. J'ai ralenti, j'ai traversé Esplanade en retenant mon souffle, m'approchant du gérant, qui d'un geste souleva le cadavre de Gaz Bar dans sa robe noire et rouge effilochée.

2

L'épicier avait contourné le bassin, puis choisi le banc à côté du sien. Il le savait : ne pas s'adresser à elle. Se comporter en inconnu. Déborah ne l'avait pas salué, dans la crainte que leurs yeux se regardent et se voient. Elle était encombrée de cette audace-là d'avoir accepté l'invitation, et surtout, d'être assise près du *goy*. Elle louche à droite, elle louche à gauche, personne dans le square. Pour l'instant, elle peut rester. Au moindre doute, elle quittera la scène. La femme ressasse l'épisode de la veille, l'arrière-boutique, le désir qui s'est répandu dans tout son corps. Lorsqu'elle était entrée dans le commerce résonnant de piano, elle n'avait vu aucun client. Elle s'était alors aventurée dans les allées, sans petit panier, puis rapprochée de l'entrepôt, penchant son torse, jusqu'à le voir, lui, debout, pianotant un air. Après, il avait su insister, et dans la pièce immergée de soleil, Jan lui avait fait entendre un nocturne en do mineur. Sur un tabouret, pieds surélevés, Déborah avait observé l'index du Polonais passer de portée en portée, de page en page et aussi l'oscillation de la tête de l'homme, au-dessus des touches noires et blanches. Puis à un certain moment, l'index avait quitté le clavier, lentement s'était levé vers sa bouche à elle, pour la tâter, la palper. Immobile, elle avait espéré un événement scandaleux, mais c'était resté ainsi, inachevé.

Canicule. Une mouette vient se poser sur l'eau. Elle cherche l'enfant qui chantait tôt le matin. Et le pain que ça distribuait. Ça a distrait Déborah, qui a levé son regard sur le bassin. La fontaine donne soif. La peau de la femme est moite sous le tailleur ample. Le crâne s'humidifie sous la perruque châtain. Elle est droite comme si elle portait un corset. On ne voit pas ses hanches, dissimulées sous le tailleur. On imagine beaucoup, à la folie, jusqu'à mourir. Sous le bonnet de tricot, le monologue tenaille très fort, très vite, *terribly*. Pour elle, cet amour est une calamité. *A calamity*. Ce désir de le voir tous les jours depuis des mois. Ces péchés sans cesse répétés coin Waverly. Je peux rien faire pour arrêter toi de rester dans mon tête. Où tu habites ? D'où tu viens ? Ce matin j'ai décidé de ne pas venir. Je suis ici quand même. J'ai vu tes *naked* bras quand tu marchais. *You walk so slowly*. Pourquoi tu veux toujours me voir ? Je porte la broche offerte par ma sœur Simi pour mon *Bat Mitzva*, mais toi tu connais pas. Je peux apprendre ta langue très bien. Je comprends tout ce que tu dis. As-tu écrit encore des lettres ? As-tu une autre pour moi ? Je garde toutes sous mon *mattress*. Je lis *again and again, I know them by heart*. Quoi arrive à nous ? Quoi on va faire ? J'ai beaucoup pleuré avant de venir. Ça c'est pourquoi mes yeux sont comme ça. Dis-moi ton numéro, *I'd love to phone you every night when my husband goes to pray*. Toi, tu pries pas, c'est vraiment vrai ?

Puis il se lève, c'est imprévu. Elle est terrifiée à l'idée qu'il l'abandonne. Ses yeux, n'ayant pas quitté le réservoir, tout à coup cherchent, suivent Jan qui entreprend le tour du bassin. Les cheveux fins, presque blancs. Les bras nus, totalement nus, imberbes, offerts à la fournaise. Déborah admire cette longueur du corps. Elle n'a pas l'habitude d'un homme comme lui, de cette largeur du dos, de ces vêtements clairs, clairs jusqu'à faire plisser les yeux sous le tricot du bonnet. Tout à coup elle se reprend, se corrige, regarde ailleurs. Les jeux sur le sable. Ne réussit qu'un moment, recommence. Elle l'examine, l'avale. Et puis Jan simule une chute dans le bassin, feint de poser un pied dans l'eau, fait aller ses bras dans les airs, penche son torse, Déborah apeurée se lève d'un mouvement sec, Jan se redresse, il rit, rit jusqu'à elle, qui se rassoit, qui garde les yeux ouverts sur l'homme, au-dessus du réservoir. La grâce passe d'un visage à l'autre, de yeux bleus en yeux bleus. Ils sont entiers à ce bonheur d'une rencontre dans le désert asséché du square. Jan revient, elle le regarde revenir, il se rassoit, elle le regarde s'asseoir, il se tourne vers elle qui ne l'a pas quitté du regard depuis le début du rire. L'envie de tendre le bras vers le Polonais engendre chez elle la pudeur. Fixer ses vernis miroirs qui effleurent le jardin d'impatiens. Ne plus se tourner vers le *goy*. Au cas où.

Une lévite chemine d'un pas rapide de l'autre côté du bassin. Déborah entend les pas, repère le barbu qui ne voit ni les arbres, ni les amants sur les bancs postés côte à côte. Depuis quelques jours, les services se multiplient à la synagogue. Avec la fin de l'été, le calendrier judaïque annonce la prochaine période de repentir, et le retour du cycle des «Jours Terribles». Le fidèle s'éloigne. Elle expire. Jan revient à la blancheur des joues. Il n'y a plus de rires. Il n'y a que le silence, submergé par le jet. Le ciel a envie de tomber. L'ombre sue à se tordre. Il rêve à ce corps éternellement couvert qui donne envie de le voir nu. L'emmener en Pologne, sur les plages de la Baltique, la voir marcher sur les galets, comme les autres femmes, qui le font, qui y arrivent, à corps découverts. Elle retirerait la perruque, ferait pousser ses cheveux, ils se jetteraient dans les vagues. Jan observe le bassin. Rien ne se passe sinon qu'ils s'épient de temps en temps. Il se demande si sa peau porte une cicatrice, une tache de naissance, un grain de beauté près du sein. Elle se demande s'il a remarqué la broche incrustée de pierres pourpres. Et sur ses lèvres, la luisance pêche qu'elle a appliquée avant de sortir. La fournaise semble engourdir la scène. Le vent est tombé, Déborah sort son mouchoir, s'éponge encore. La sueur sur le col de son chemisier, sur les poignets qu'elle cache en les posant l'un sur l'autre.

Elle s'est habituée à sa présence. Elle est de moins en moins inquiète. Ils ne se parlent pas, ils n'ont pas besoin de se parler dans l'intensité. Ils goûtent l'un à l'autre, de banc en banc. Parfois, c'est elle qui le regarde, parfois c'est lui. Ils ne discutent pas d'eux-mêmes. La veille, dans l'arrière-boutique, ils n'ont rien dit. Ils n'échangent pas sur leur vie. Ils n'en ont pas besoin. Pour dire ce qui leur arrive, il y a les regards qui parlent plus fort que leurs voix. C'est ainsi. C'est suffisant, c'est ce qui est dans le désir répété, perpétuel, incommensurable. Depuis douze mois.

Étuve au-dessus du bassin qui supporte deux mouettes. Lorsqu'elle pousse sa manche, imbibée de

sueur, elle est surprise du temps qui a passé. Elle vérifie deux fois. Il l'a regardée faire, a compris, s'est tu. Il
attend. Elle vérifie les entrées du square, libres, et puis
elle tourne son regard vers celui du Polonais, lui confie
d'une voix brisée :

— *I have to go.*

Il dit :

— Reste.

Elle reste.

Jan reconnaît le vent qui précède l'orage. Le roule-
ment des feuilles. Il le dit. Il y aura un orage. L'une des
mouettes plonge sa tête dans le réservoir. L'instant
suivant, la brise s'éteint, l'humidité revient, plus forte
encore, qui fait souffrir la chair sous les étoffes. Et les
bas. Et les souliers miroirs. Et le *shaytèl*. Déborah sort
son mouchoir, et la broderie récolte les perles sur son
nez. La femme se met à trembler sous les feuilles du
peuplier. Déborah tremble au cœur de la canicule. La
nuit tarde, puisque c'est soir d'été. Elle retrousse à
nouveau sa manche, vérifie le temps qui a passé. Ses
joues blanches deviennent plus blanches encore. Le
service s'achève à la synagogue. Le dîner à préparer.
La femme frissonne. À cause de cette histoire, aussi
terrifiante que le châtiment de Dieu. Et puis, on entend
sa voix à lui, tournée vers elle, qui lui dit :

— Tu trembles.

Il ne la lâche pas des yeux. Elle répond.

— *Of course I am.*

Les palmipèdes se retirent du bassin au moment où
une bourrasque se lève et plisse sa surface. Déborah
retient son bonnet de tricot. Sursaute au bruit du tonnerre, à sa propre surprise, à son écho tambouriné.
Après, une goutte. Plusieurs. Une avalanche de pluie.

Son rideau, son abondance, *so much*. *Lovely*. Ça sent la poussière accumulée sur le macadam incendié. Ça sent un détour. Un voyage au bout du monde, rue Waverly. Il se lève. Elle le suit.

Elle le suit.

Achevé d'imprimer en août 2015
sur les presses de l'imprimerie Gauvin

ÉD. 01 / IMP. 05

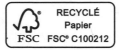